红色东江
丛书·第一辑

红色东江

尤波 卓明勇 ◎ 著

深圳出版社

图书在版编目（CIP）数据

红色东江 / 尤波, 卓明勇著. -- 深圳 : 深圳出版社, 2024.6
（红色东江丛书. 第一辑）
ISBN 978-7-5507-4034-1

Ⅰ.①红… Ⅱ.①尤… ②卓… Ⅲ.①中篇小说—中国—当代 Ⅳ.①I247.5

中国国家版本馆CIP数据核字(2024)第097268号

红 色 东 江
HONGSE DONGJIANG

出 品 人　聂雄前
责任编辑　林凌珠
责任校对　张丽珠
责任技编　梁立新
封面题词　宋太平
封面设计　花间鹿行

出版发行　深圳出版社
地　　址　深圳市彩田南路海天综合大厦（518033）
网　　址　www.htph.com.cn
订购电话　0755-83460239（邮购、团购）
设计制作　深圳市龙瀚文化传播有限公司（0755-33133493）
印　　刷　深圳市希望印务有限公司（0755-89502914）
开　　本　787mm×1092mm　1/16
印　　张　13.75
字　　数　141千
版　　次　2024年6月第1版
印　　次　2024年6月第1次
定　　价　58.00元

总　序

聚东纵情谊　续东纵情缘

　　五年前的一个秋日，天气晴朗，万里无云，我的老同事带着一位身材魁梧、满脸慈祥的部队退休干部来到了我的办公室。他就是大名鼎鼎的开国少将、广东东江纵队司令员曾生同志的小儿子曾凯平。曾大哥说话和蔼可亲，老一辈革命家的亲民淳朴在他身上得到了良好的传承和体现。或许是大家都有共同的志趣，我们相谈甚欢，一段与东纵革命故事的不解之缘就这么在我身上发生了。

　　小时候，爷爷便时常给我讲述当年东江游击队在老祠堂里办报社的故事，也常跟我念叨他的堂兄——烈士尤水清和侄女——烈士尤根英的动人故事。尤氏先辈"干革命、跟党走"的事迹早早使我心中涌进了东纵情怀。

　　2018 年秋大的一个晚上，我下班回到家，接到老家宗亲的电话，跟我商量重修祖祠的事情。对这些民风民俗问题，组织有严格的纪律约束，然而天下之本在国，国之本在家，老祠堂里雕刻的"爱国、敬家"祖训也深印我心。

1

一筹莫展之际，恰逢单位先后组织了"不忘初心，牢记使命"的主题教育活动和党史学习教育活动。其间，我有幸结识了一群史学、文学专家学者，使我对东纵历史有了更加深入的了解和认识。在和一位学者谈及东江纵队当年的宣传文印史时，"老祠堂"和"尤门双英烈"的故事再次涌上心头，历史画面于心中久久挥之不去……

如果凯平大哥没有来到我的办公室，或是我等到建党百年的时候再学党史，那么重修祖祠这项工作也许会暂时搁置。党的十八大以来，习近平总书记围绕家风建设提出了一系列重要论述，讲到要传承和发扬中华优秀传统家风文化和红色家风文化，并赋予其新的时代内涵。一个新的想法很快浮现，我提议宗亲们围绕新时代家风建设，将红色文化融入祠堂建设；通过祠堂文化，让后人不忘历史，永远记住那些为了新中国抛头颅洒热血的革命先烈。

既然弘扬红色文化和修葺红色宗祠的目标已经定了，那就出发吧！我偕夫人会同九连山公益基金会的理事长尤志远，不远千里，来到东北的一间高校干部宿舍，探望卧病多年的东纵老战士——烈士尤水清的儿子尤东彬。我们将故乡的泥土和"七夕井水"捧到了老革命面前，老人家顿时流下了激动的泪水。我们又在河源找到了尤东彬在边纵时的战友兼老师李楚同志（时年103岁）。接着，我们来到了广州某医院，探望了东纵老战士、广东省老领导郑群同志，代表基层党员干部群众对敬爱的老革命郑群同志表达了崇高的敬意和真挚的问候。

为把东纵精神传递下去，在深圳，我参与组建了公益红色志愿者团队——"九连山志愿服务团"，带领志愿者们弘扬东纵精神，传承红色革命基因。我们和东纵老战士、联谊会会长廖清同志，边纵会长何鹏飞同志，市委党史文献研究室主任杨立勋同志和副主任毛剑峰同志，以及罗湖区关心下一代工作委员会主任彭桂华同志和副主任蔡伟强同志等，在市委党史文献研究室和罗湖区关工委的指导下，联合有关单位在笋岗街道创建了爱国主义教育基地——"红色东纵第一空间"，并由东江纵队老战士联谊会、九连山公益基金会和田心实业有限公司，共同在提倡"爱心传递——红心传承"的笋岗街道田心社区公园镌刻了名为"初心公园"的石碑。

"行之愈笃，则知之益明。"退休后，我告别了法院繁重的工作，带着弘扬红色文化的初衷携伴远行，开始了一段探访红色革命纪念基地及发掘革命故事的红色文化之旅，足迹遍及广东各地。之后，我在《秦风》《深圳史志》《深圳特区报》等刊物和报纸上发表了《谈东纵精神与深圳精神的血脉传承和发展》等署名文章。脑海里的红色故事不断积累，手上的红色资料也越来越丰富，于是产生了出版图书的想法。后来，受九连山公益基金会和热心作家所托，我们开始了"红色东江丛书"的集体创作。

"红色东江丛书·第一辑"源于深圳市罗湖区作家协会主席谢湘南先生主编的"南方叙事丛书"中的《红色东江》一书。第一辑首推"浴血系列"，包括《浴血九连山》（尤波著，收录于《红色东江》）、《浴血黄村》（邬亮著，出版时名为《粤黄风云》）、《浴血港九》（田青著，原名《烽火大鹏湾》）和《浴血下龙湾》（卓明勇著，收录于《红色东江》）。在深圳市九连山公益基金会的鼎力支持下，"浴血系列"作品出版了全新的精装版本。精装版丛书更加全面、客观地反映和讴歌了生活在东江岸和南海岸的南粤人民与海外华侨一起共赴国难、共同抵御外敌入侵的历史。"红色东江丛书"的出版，既是四位作者的共同心愿，也是大家弘扬东纵精神、赓续深圳故事的具体体现。

汤汤东江水，滋养着广袤的南粤大地，九连山、东江岸、梧桐山、九龙半岛、香港岛，甚至海外多地，均留有东纵先辈的红色足迹。如今，在位于粤港澳大湾区的深圳公园里，也有红色东纵的印记，人们在平常的生活中也能得到爱国主义的熏陶，将家国情怀和爱国信念种在骨子里，让它们流淌在血脉中。

当然，"红色东江丛书·第一辑"的完成也得到了许多领导和朋友的大力支持，请允许我将他们的名字列在这里。他们是：陈小平、曾凯平、戴北方、胡呈军、黄国新、彭桂华、陈立平、蔡伟强、张仕安、何冰、郭夏惠、邬国强、陈小澄、戴素霞、魏文芳、李利锋、王斗天、杨志光、谢湘南、胡忠阳、李建国、尤志远、尤娟、邬亮、田青、卓明勇和尤明珠（排名不分先后）。

当今社会是一个知识爆炸、信息发达的现代社会，要在深圳这个经济发达、文化多元的国际化大都市坚守一块红色的文化净土，不是一件易事。传颂东江纵队的辉煌历史，赓续东江纵队的革命精神，需要不断发掘东江纵队的感人事迹和传奇故事，扩大宣传阵地。最近网络上流行一首儿歌《小小花园》："在小小的花园里面挖呀挖呀挖，种小小的种子开小小的花。在大大的花园里面挖呀挖呀挖，种大大的种子开大大的花。在特别大的花园里面挖呀挖呀挖，种特别大的种子开特别大的花……"我希望我们的这套丛书，能成为广大读者，特别是青少年读者心中"希望的种子和希望的花"！

我也希望带领"红色东江丛书"的创作团队和九连山公益基金会志愿服务团队继续出发，与大家一起在东江流域这块红色文化的故土里寻宝，传承东纵红色基因，赓续党的光荣传统！

尤　波
2023 年 8 月

序 一

为有牺牲多壮志，敢教日月换新天

习近平总书记在 2021 年 2 月 20 日的党史学习教育大会上指出："人生天地间，长路有险夷。"世界上没有哪个党像中国共产党这样，遭遇过如此多的艰难险阻，经历过如此多的生死考验，付出过如此多的惨烈牺牲。中国共产党诞生以来，在应对各种困难挑战中，锤炼了不畏强敌、不惧风险、敢于斗争、勇于胜利的风骨和品质。这是中国共产党最鲜明的特质和特点。在非凡的奋斗历程中，一代又一代中国共产党人顽强拼搏、不懈努力，涌现了一大批视死如归的革命烈士、一大批顽强奋斗的英雄人物、一大批忘我奉献的先进模范，形成了井冈山精神、长征精神、遵义会议精神、延安精神、西柏坡精神、红岩精神、抗美援朝精神、"两弹一星"精神、特区精神、抗洪精神、抗震救灾精神等伟大精神，构筑起了中国共产党人的精神谱系。中国共产党之所以饱经磨难而生生不息，就是凭着那么一股革命加拼命的强大精神。

东江，古称湟水、循江、龙川江等，珠江水系支流之一，发源于江西省寻乌县桠髻钵山，源流为三桐河；自东北向西南流经广东省河源市源城区、龙川县、和平县、东源县，惠州市惠城区、博罗县，至东莞市石龙镇进入珠江三角洲，于广州市黄埔区穗东联围东南汇入狮子洋，出虎门入海。流域面积 3.32 万平方千米，河长 523 千米，平均年径流量 257 亿立方米；干流在龙川县合河坝以上称寻乌水，与定南水相汇后称东江。

众所周知，东江纵队是一支由中国共产党领导的活跃在广东地区的重要抗日武装力量。朱德总司令更是在中共七大报告中，将东江纵队与琼崖纵队、八路军和新四军并称为"中国抗战的中流砥柱"。抗日战争爆发以后，东江纵队远离八路军和新四军主力，在华南特别是东江流域孤军作战，在极端困难的生存环境下，始终坚持中国共产党的领导。在战斗中，东江纵队团结和带领东江流域的劳动人民，以毛泽东同志的军事思想为指导，取得了辉煌的战果。东江纵队的战斗史，其实就是中国共产党带领东江流域的劳动人民反抗侵略、反抗压迫、推翻头上三座大山的奋斗史。其间发生的一个个可歌可泣的东江英雄故事，值得后人代代相传，世代歌颂。

《红色东江》以东江纵队老战士口述的材料为素材，结合中国共产党在新中国成立前浴血奋斗的革命史实，经过文学加工，以报告文学的形式呈现在读者面前。东江纵队有四个多，即知识分子多、华侨多、小孩多、妇女多，这个鲜明的特点在本书里贯穿始终。全书讴歌了优秀的共产党员梁金生、林镜秋、李楚、尤水清、尤根英、尤东彬等革命先烈抛头颅、洒热血，出生入死、浴血奋斗的光辉事迹。从中你可以读到客家的风土人情，可以读到革命友谊，可以读到革命爱情，也可以读到我自横刀向天笑的革命豪情。作者是数十年扎根深圳经济特区默默奉献于司法事业的老法官尤波和扎根基层党建工作的深圳市级党建组织员卓明勇。两位同志饱含着对党的满腔热爱，心怀对为党的事业牺牲的烈士们的崇敬之情，挥洒下深情的笔墨，讴歌这段无法也不能够被我们遗忘的、震撼人心的悲壮历史。

为有牺牲多壮志，敢教日月换新天。在我党已过一百年华诞的日子，在实现第二个百年奋斗目标的新征程中，能出这样一部形式新颖、根正苗红的红色文学作品，值得赞扬！

中国红色文化研究会副会长

胡呈军

序　二

惯于长夜过春时

　　这些年，我从遥远的北京，来到了改革开放的前沿阵地——南方的广东，来到了父亲和东江纵队的战友们曾经战斗过的地方——美丽的东江，看到了东江流域的壮美山河和革命遗址，也倾听了一段段可歌可泣的革命英雄传说。在这期间，我与这部纪念东江纵队历史的文学作品《红色东江》及其主创团队成员尤波、明勇等结下了不解之缘，并欣然接受了他们提出的担任总顾问的要求。

　　习近平总书记 2019 年 9 月 16 日至 18 日在河南考察时强调："要讲好党的故事、革命的故事、根据地的故事、英雄和烈士的故事，加强革命传统教育、爱国主义教育、青少年思想道德教育，把红色基因传承好，确保红色江山永不变色。"

　　广东人民抗日游击队东江纵队，是抗日战争时期中国共产党在广东省东江流域领导创建的一支人民抗日部队，是开辟华南敌后战场、坚持华南抗战的主力部队之一。东江纵队是在曾生、林平、王作尧、杨康华等主要领导带领下，从无到有，从小到大发展起来的一支抗日武装力量，其开辟的华南敌后战场成为"敌后三大战场"之一。1945 年，朱德同志在党的"七大"做军事报告《论解放区战场》时将东江纵队与琼崖纵队和八路军、新四军并称为"中国抗战的中流砥柱"。

《红色东江》以广东境内东江流域为创作视野，采取报告文学、口述史、小说等形式，为大家讲述了一个个发生在广东东江流域境内的革命故事，包含两个独立篇章。第一篇《东江源：浴血九连山》，讲述的是二十世纪三四十年代发生在东江上游和平县水西洞村的一些革命故事，讲述了东纵老战士梁威林、郑群、林镜秋、林若、曾天节，革命烈士尤水清、尤根英等人在河东地区发生的一系列可歌可泣的革命故事。第二篇《东江侨：浴血下龙湾》则讲述了中共党员、越南华侨、国际主义战士梁金生烈士荡气回肠的革命传奇人生。

> 惯于长夜过春时，挈妇将雏鬓有丝。
>
> 梦里依稀慈母泪，城头变幻大王旗。
>
> 忍看朋辈成新鬼，怒向刀丛觅小诗。
>
> 吟罢低眉无写处，月光如水照缁衣。

这首鲁迅的《惯于长夜过春时》，创作于 1931 年，后录入《南腔北调集·为了忘却的记念》，是鲁迅先生为悼念"左联"五烈士而作。

看完本书，我不由得又想到了那一批批为新中国抛头颅洒热血的革命先烈，他们是我们要永远铭记的最可爱的人，也是我们这个和平时代最需要感谢的人！没有他们就没有今日之自强自立于世界民族之林的中国。

传承革命基因，弘扬东纵文化。作为一名东纵革命后代，我时刻牢记并践行着这个神圣的使命和诺言。我将沿着父辈们的革命足迹，将这些革命故事一代代传承下去。

深圳市九连山公益基金会名誉会长

东纵司令员曾生之子

曾凯平

目 录

东江侨：浴血下龙湾 卓明勇

东江源：浴血九连山

尤　波

引 子

埋骨何须桑梓地，人生无处不青山。

鱼潭江，原水西洞村 ① 的母亲河，一代代的水西人出生在这里。他们在这里欢笑，在这里哭泣；在这里生长，也在这里老去。在河源九连地区及河东村、水西村，流传着一批贫苦农民出身的英雄儿女爱国抗日，跟着共产党披坚执锐、浴血奋战，在残酷的国民党反动派白色恐怖统治区，发动农民运动、出版进步书刊、进行武装斗争的可歌可泣的革命故事和英勇传说。

---

① 水西洞村现划分为河东、水西两个村。

第一章 序 幕

老家来人了

2018 年初冬的某日，东北锦州的一栋家属楼里，从广东省河源市和平县远道而来的"老战友"尤波夫妇和尤志远三人，来到了一位老人面前。

这位卧病在床的老人名叫尤东彬，是一位饱经风霜的共和国老兵。

他原是东江纵队粤赣湘边纵队的战士，在部队服役至 1978 年，职务至师级，后从部队转业到地方，担任原辽宁省石油化工学校党委书记。据其子女说，尤东彬已卧床近三年，意识也已经模糊不清了。

从老人家乡赶来的尤志远拿出两瓶水举到尤东彬眼前，满眼殷切地问道："彬哥！还记得老家的坑尾井吗？这是七月七从坑尾井里取的水啊！"

尤东彬当然记得故土的传说 —— 七月七这天取的水永不变质。水西人一直保留着七月七这天取水存储，并在当天酿酒的风俗。

　　熟悉的乡音触动了老人的神经，尤东彬猛然从迷蒙中睁开双眼，目光随着尤志远的声音看向他手中的家乡水，两行思乡的泪水从眼角滑进花白的发鬓，嘴唇也不住地颤动着。

　　尤志远又拿出一盒泥土对他说："彬哥，这泥土也是从您老家房子里挖的家乡土！"

　　老人抬起颤抖的双手接过盒子，将泥土捧在胸前，久久不愿放手。

　　待老人激动的心情稍稍平复，尤波拿出了他撰写的《我知道的尤氏祠堂的故事》及和平英烈的资料为老人朗读。原本虚弱的老人精神振作了起来，他认真倾听，不时用力地点头。

　　伴随着久违的乡音，老人的思绪如同穿越时空的鸿雁，飞到了远在南方的广东省和平县水西老家，一段尘封的革命往事也由此拉开序幕。

第二章　水西洞风云

和平的历史

秦朝末年，大将赵佗在烟瘴荒芜中开辟南疆，建立南越国，定都番禺（今广州），位于九连地区的彭寨（郡囿围）、林寨、古寨、下车、上陵等地都有南越国的印记，昭示这片岭南故土文化血脉的源远流长。古寨地接赣粤、横亘岭南，六百里奇绝的九连山脉，在白驹过隙的岁月变迁中，曾回荡过明朝王守仁回军山道时"功微不愿封侯赏，但乞蠲输绝横征"的家国情怀，记述过清代徐旭曾《丰湖杂计》里"负耒横经""忠义之后"的客家宣言，经历过东江纵队抗击日寇时"南征北战、砥柱中流"的浴血奋斗历史。在这一片被英雄史诗浸润的红色土地上，赫然矗立着一座充满传奇的"红色祠堂"——尤氏祠堂。

正德十三年（1518 年），都察院左佥都御史兼南赣巡抚王守仁（王阳明）率师平定现和平县属浰源（浰头）镇、上陵镇等地的农民起义，上奏朝廷设置和平县治。经核准，划拨龙川县属和平图、仁义图、广三图和河源县属惠化图及接近江西龙南县邻界一里以内的地域，设立县治。

正德十五年（1520年），县治建立完毕，开始建立学府、择贤设治，并沿用原龙川县和平图的和平峒之"和平"两字为县名，始定为和平县，县治设在原和平图的和平峒羊子埔，即今阳明镇。

崇祯六年（1633年），析和平县属惠化图建立连平州，又割河源县辖地忠信图补入和平县，属惠州府。清代及民国时期，境内并无其他变更。

1949年1月1日，在和平县属青州山塘成立连和县人民政府，属九连地委。1949年6月2日，成立和平县人民政府（宋列、水溪、太湖三乡划归连平），属东江行署（也称东江专员公署）。1958年11月，和平县与连平县合并称连平县。

1960年7月6日，县政府迁至阳明镇，改称和平县，属韶关专区。1962年6月，与连平县分立，恢复和平县，属惠阳地区。1988年，河源市成立，和平县成为河源市辖县。

和平县境内九连山地势较高，重峦叠嶂，属于丘陵山区县。

西部、中部及西北部属山区，北部、东部及东南部多丘陵，而谷底冲积平原则零星分布于县内各地，境内海拔千米以上的山峰有10座。

其中的最高峰风吹蝴蝶嶂海拔1272米，位于浰源国营黎明林场与连平县交界处，最低点位于东水镇东江旁成村，海拔72.2米。北部及西北部山地地势较高，海拔多在500米以上；南部和东南部地势较低，多为海拔500米以下的丘陵。

和平县古寨镇的东南部曾有一个古寨，名叫水西洞，四面群山环抱，属低洼地带盆地。其境内有一条河，名为鱼潭江，是东江三大支流之一，发源于和平县北部寒婆土凹，流经下车、优胜、贝墩、古寨等镇进入水西洞，最终经彭寨马塘、东水九龙口汇入东江，全长100多千米。鱼潭江在古寨镇境内长约20千米，流经梅华、前程、丰联、水西洞等地，其中，在水西洞流域全长约10千米，从水西洞东北方向蜿蜒流向西南，从水西洞东南方流出，贯穿全境。

境内有几座海拔相对较高并有传奇故事的山峰：北边是天子岗，西边是仙人嶂，南边是鸡妈腰，东边则是浓树岗和狮子山，每座山峰都是水西洞十景之一。

在新中国成立前，因水西洞处低洼地带，且境内河段较长，水患频发，几乎三年中有两年都是颗粒无收，当地老百姓生活在水深火热之中。

据老人传讲，外村人有这样一句俗语：有女不要嫁到水西洞，吃饱担沙公。① 从这句话中便大致能体会到当时老百姓的辛酸泪。

新中国成立后，在党和政府的温暖关怀下，水患基本得到治理，水西洞也因此成为和平县的主要商品粮基地。

---

① 形容女孩嫁过去以后生活很辛苦。由于过去的水西洞经常发洪水，村民吃完饭以后就得去挑沙、巩固河堤，防御洪灾。

归侨服务团

1938年10月，日寇登陆大亚湾，南粤抗日烽火随之点燃。东南亚等地华侨、香港同胞爱国热情高涨，纷纷回到中国内地参加抗日战争。在廖承志、曾生等人的推动下，1939年1月，在惠阳淡水成立了以叶锋为团长的东江华侨回乡服务团（当时简称"东团"）。1939年夏天，"东团"第五分团在华侨朱公拔分团长的带领下，来到河源，以国民党反动势力相对薄弱、群众基础较好的船塘为落脚点，以河西地区为主要活动地，辐射周边县。他们的主要工作是通过发传单、唱歌、演歌剧、开大会等多种形式开展抗日救国的宣传活动。

圩，是湘、赣、闽、粤、桂等地的农村集市，是乡镇为各种农产品、商品提供集中交易的地方。圩日，客家人叫赴圩日，又称赶集日，是摆地摊、跑江湖、跑圩的最佳时间，是客家人经济生活的重要组成部分。一般是三日一圩，是为"一四七"圩、"二五八"圩、"三六九"圩，也有的是五天为一轮，依农历而定，分为逢"一六"圩、"二七"圩、"三八"圩、"四九"圩和"五十"圩。两个相邻圩，圩期不重复，这样就能让买卖双方都有较多的交易机会。

这天是彭寨圩镇的圩日，水西洞村民尤水清、尤南荣堂兄弟，还有尤水清的女儿尤根英（小名"尤妹"）一行三人赴彭寨圩赶集。尤水清肩上挑着堂弟尤南荣刚从后山七丘田采下来的草药，准备在集市上卖点钱，顺带给家里买点日用品。三人路过南市时，看到前面搭了个戏台子，里里外外站满了人。

"阿爸、南荣叔，前面好热闹啊，我们去看看吧。"尤根英穿着一身打着补丁的衣服，看上去 10 岁左右的年纪，用稚嫩的小手指着前面的人群说。

"尤妹，不要乱跑哦，我跟你南荣叔还有正事要做呢，没空去看啊。"尤水清 40 岁上下的年纪，黝黑的皮肤，一看就是老实憨厚的庄稼人。此时他拉住了尤妹的手，不让她乱跑。

"阿爸，让我看看嘛，您看看戏台上还有人跳舞唱歌呢，我从来没有见过这些呢。阿叔，你帮我跟阿爸说说。"说完，尤妹用小手拉了拉尤南荣的衣角，装出可怜巴巴的样子看着他。

"水清哥，算了，孩子还小，也是第一次到彭寨圩看热闹，更何况有戏可以看，我们就带她去见识见识呗。你放心，不会耽误我们卖药材的。"尤南荣一身行商打扮，当地人一看就知道他是个乡里的郎中，他笑着对尤水清说道。

"行吧，我们一起去看看热闹吧。"尤水清听罢，只好拉着尤妹往前面人堆里挤。

只见前面的戏台有三四米高，左边写着"破虏丹心昭日月"，右边写着"抗日碧血壮山河"，横批："还我山河"。

戏台前还站着七八个穿着学生装的年轻人，正在给群众发传单。戏台上，有位瘦削的青年正在激情澎湃地演讲。

尤水清也领到了一张传单，他随即顺手递给了尤南荣。尤南荣立刻小声读了出来："全体中国人民团结起来！打倒日本帝国主义！还我山河！"

"水清哥，我知道是怎么回事了，听说去年日本鬼子已经登陆了惠州大亚湾，入侵我广东，很多'番客仔'（华侨青年学生）回来支援抗战，还成立了一个东江华侨回乡服务团，最近还听说三叔公家的儿子、去香港读书的尤石根也跟着一起回来了。"

尤南荣说罢若有所思。

老少三人算是第一次接触到了学生们的抗日巡回演讲。

不知不觉，一个月过去了。这天一大早，小尤妹就被尤氏祠堂前一阵敲锣声惊醒了。她爬起来，喊上堂弟尤燕秋，跑到祠堂前的晒谷场，只见偌大的晒谷场跟圩里一样，也搭了一个大戏台，村民们都被震天的锣鼓声吸引了过来。戏台前面站了一排穿戴整齐的学生，正在给村民们发放传单。台上依旧是那位瘦削的青年在演讲。上次因为人太多，尤妹听得不是很清楚，这次，在自己家门口，她一下子就钻到了人群的最前面，终于把内容听得一清二楚了。

那位瘦削的年轻人手握成拳，用坚毅的眼光看着下面的群众，说道：

"乡亲们！大家好啊。我们是东江华侨回乡服务团，我们大部分人都是华侨学生，但是，我们跟大家都有一个共同的身份，那就是中国人。去年日寇登陆大亚湾，南粤抗日烽火随之点燃，东南亚等地华侨、香港同胞爱国热情高涨，纷纷回乡参加抗日战争。大家都知道，日本人从明朝起，就对我中国的土地虎视眈眈，亡我中华之心一直未改。1931年9月18日，日本驻中国东北地区的关东军突然袭击沈阳，发动了'九一八'事变，这是日本蓄意制造并发动的侵华战争。现在，日本人的魔爪终究伸向了我们广东，他们侵占了惠州、宝安、广州，很快，我们和平也会被日本人占领。让我们团结起来，同仇敌忾，将日本帝国主义赶出中国去！"

"打倒日本帝国主义！保卫中华！保卫广东！保卫和平！"戏台上的青年刚说完，下面发传单的学生就抬手高喊起来。

这时，台下的乡亲们也跟着举起了手，高喊起抗日口号。尤妹和尤燕秋稚嫩的声音也混在其中，跟着大家的口号，汇聚成一片钢铁洪流。

在尤氏族中青年尤石根的帮助和安排下，华侨回乡服务团在尤氏祠堂驻扎了下来，继续发动群众，开展抗日救亡宣传工作。

而尤氏族人的革命火种，也在此时被点燃。尤氏族人的革命之树，也在这一帮正直的还乡华侨青年的浇灌下，悄悄生根发芽。

风雨送春归，飞雪迎春到。已是悬崖百丈冰，犹有花枝俏。

俏也不争春，只把春来报。待到山花烂漫时，她在丛中笑。

红色"堡垒户"

"堡垒户"是抗日战争中经过复杂的敌我斗争总结出来的好经验，这个寓意深刻的命名也是广大干部、战士发明的。敌人的堡垒是用砖石筑成的，是用高墙、碉堡、堑壕和铁丝网围起来作警戒的；而我们的堡垒则是建立在广大的人民群众之中，我们的警戒哨是千万双警惕的眼睛，我们的力量源泉是亿万人民群众的无私支援，我们坚不可摧的铜墙铁壁，是千千万万"堡垒户"和基层群众用鲜血和生命铸成的。这是敌人根本无法摧毁和动摇的。"堡垒户"一般是共产党员或群众；在特殊情况下，为了掩护党的干部、游击队员、抗日人员、八路军战士和伤病员的行动，也有个别是家在靠近敌人占领区的爱国士绅（地主），联络员与"堡垒户"之间有一套联络的办法和信号。八路军住到"堡垒户"家中时，大多数用化名，"堡垒户"的家长会把全家人聚拢来介绍大家互相认识，根据年龄排个辈分，兄弟、姐妹、儿子或侄子，然后教大家怎样互相称呼，这样，万一敌人突然闯进来搜查，八路军来不及转移，可以应付敌人，由此可见人民群众为了掩护子弟兵的用心之良苦。

和平也有许多对革命赤胆忠心的"堡垒户"。安坳镇的梁水娣就是一个很好的典型。她的三个儿子肖琴书、肖波中、肖丙章先后为抗日战争流血捐躯。儿子们牺牲后，她毅然参加游击队，继续儿子们未竟的事业，并在斗争中成为光荣的共产党员，被人们誉为"革命的母亲"，新中国成立后受到毛主席、周总理等国家领导人亲切接见。

在水西洞，尤南荣也是一位红色"堡垒户"。他自幼学医，年少聪慧，通过向老中医虚心请教，自学成才，掌握了许多中医知识，渐渐地成了水西洞村小有名气的乡村郎中。依托着水西洞得天独厚的中药材资源，通过自己的艰苦奋斗，他渐渐地在龙川贝岭圩镇站稳了脚跟，开了他自己的中药铺，堂号：回春堂。尤南荣天性豪爽、乐善好施，但凡老家的人有什么大小病症，尤南荣总会嘘寒问暖、免费送医赠药，在水西洞乃至古寨镇，深受乡亲们的尊敬与爱戴。

抗日战争爆发后，尤南荣义愤填膺，恨不得亲赴战场，与日寇决战沙场。顾及家里上有老下有小，一帮堂兄弟也等着他的救济，无奈只能把满腔国恨压抑在内心。

1939 年秋的一天，他出门帮人看病回来，看到药店后堂坐了个人，定睛一看，正是他在水西洞村的发小林镜秋。

"镜秋兄，你怎么来了？好久不见了啊！"尤南荣兴奋地迎了上去。

"南荣兄，我刚好来龙川置办一些进步书籍，顺路来看看你。"林镜秋一身干练的短装打扮，英姿飒爽，笑眯眯地看着他。

"镜秋兄，我们是一起玩大的发小，我就不说客套话了，听说你在老家带领大家成立了古寨抗日自卫队呢，很好！我全力支持你！有什么需要小弟帮忙的，您尽管开口。"尤南荣给林镜秋泡上了客家独有的大碗茶。

"好的！我就知道我们南荣兄是条汉子。不过你家里老人孩子、兄弟姐妹多，都靠你这个药铺提供生计，你在暗中帮助革命就行了。近期我们可能会经常来龙川采购物资，你这里能帮忙的就帮忙张罗张罗啊。有任务我会通知你的。"林镜秋不失关爱地对自己的发小说道。

"行，我听你的。"尤南荣坚定地点了点头，心里头对这位贴心的同村革命兄弟不由得又敬佩了几分。

吃完晚饭后，林镜秋就要告辞了。

"镜秋兄，你等我一下。"说完，尤南荣走进卧房，将自己去年花重金购买的勃朗宁左轮手枪赠送给了林镜秋。

"好的，南荣兄，那我就不说客套话了，我代表共产党感谢你对我们革命事业的大力支持。"说完，林镜秋摆了摆手，敏捷地消失在苍茫的夜色当中。

一支勃朗宁左轮手枪，见证了两人的不解之缘。世事变迁，岁月流逝，两人一直保持着淳朴的革命友谊和发小情谊。

在尤南荣老先生八十大寿的时候，镜秋先生专门为他作了一幅《松鹤延年图》，以松树和仙鹤为意象，线条简洁明快，寓意鹤寿延年，为发小的八十寿诞送上了诚挚的祝福。目前该画作收藏在和平县古寨镇水西村东纵苑。

后人有诗为证：

堡垒医士南荣公，赠医送药谈笑中。

侠义豪情驱虏梦，一支手枪赠英雄。

岁月蹉跎再相逢，鹤寿延年赠吾兄。

水西洞"搞头王"

水西洞坐落于古寨镇东南方，东面和龙川县山水相连。村里林氏、陈氏是大姓，当时尤氏在村子里，男女老少加起来总共才不过百来号人，只是小姓。尤氏一族在水西洞这片并不肥沃的土地上，尊崇客家祖先崇文重耕的传统，或读书从商，或耕作农田，日出而作、日落而息，繁衍生息。

奈何在苦难的旧中国，帝国主义、封建主义、官僚资本主义三座大山紧紧压迫在中国人民头上，军阀混战、苛捐杂税更是让老百姓的日子陷于水深火热之中，有苦说不出，只能煎熬度日。

1944 年，一个万里无云的夏天，水西洞农会翻身团副团长尤水清像往常一样赶着牛去圳边吃草，刚走出家门的晒谷坪，迎面风风火火走来一名青年人，尤水清仔细一看，原来是隔壁屋社下小组的林尧（东纵游击队员）。

"林尧，你这火急火燎的做什么去？"

"哦，是水清叔啊，真巧，我正要找你呢！"林尧一看是尤水清，立马客气地迎了上去。

"哦！找我啊！走，到屋里说！"尤水清热情地揽住了林尧的肩膀，知道林尧找他一定是有重要的事情，就对里屋的小儿子喊道："阿彬，快出来，帮我把牛牵到圳边去吃草，我跟你林叔去谈点事！"

"哦！等一下，我打一下麻雀就下来！"声音是从家门口的树上传来的，尤水清的儿子尤东彬正趴在树上，手中拿着弹弓，聚精会神地瞄准一只麻雀，只听"噗嗤"一声，一只小鸟便被他打中，从枝头掉落下来。

"扑通"一声，小东彬也从树上跳了下来。随着轻快的脚步声，一个瘦高的小孩出现在他们面前。

尤东彬有着雄鹰一般锐利的眼神，单眼皮，眉毛英挺地往上翘，身上穿着汗衫和一条打满补丁的裤子，在农村的孩子中，皮肤还算白皙。林尧看到尤东彬一弹弓把小麻雀打了下来，忍不住摸着他毛刺刺的头，夸奖了他一句：

"后生仔，可以喔，瞄得真准！"

"快，过来叫尧叔。"尤水清把儿子叫过来，给林尧介绍道，"我这个小儿子调皮得很，是个'搞头王'，看看以后有没有机会，你带到革命队伍里去调教调教。"

"尧叔好。"尤东彬站到阿爸身边，懂事地跟林尧打了声招呼。

林尧又看了一下年少聪慧的尤东彬，只见他眉宇间一股机灵气，是个好苗子，心里一下就喜欢上了，于是答应道："这孩子机灵，可以到队伍里做个通讯员，帮队伍放放哨、送送信什么的。"

"谢谢尧叔！"小东彬听到可以做通讯员，高兴得跳了起来，十分利落地把阿爸手上的牛绳牵过去，扬起牛鞭，赶着水牛往圳边去了。

《大众报》选址

1945 年 8 月 15 日，日本正式宣布投降。随着东纵的北撤，水西洞的革命形势也发生了翻天覆地的变化。

这天，林尧又像往日一样，带着特殊的任务，来到了尤水清家里。尤水清赶紧把林尧带进屋里，焦急地问道："大林，是不是有什么工作要交给我？"

"老尤同志，你是知道的，最近我们和平县，特别是古寨，在镜秋同志的带领下，都成立了农会和翻身团，党的革命事业得到了很大的发展。但就在前不久，我们在古寨办的两份革命报纸，《大众报》和《前进报》的编辑部被敌人发现了。现在，按照上级指示，我们要重新找一个比较隐蔽的地方，将革命报纸继续出版下去。"林尧坐下来，开门见山地说明了来由。

尤水清思考了一下，说道："依我看不用找了，我们尤家祠堂再合适不过了。1938 年，水西洞就建立了党支部，经过这么多年的发展，农民朋友们对党、对革命都有深刻的理解和深厚的情谊，政治基础和群众基础都十分牢靠。此外，这里远离城镇中心，背后就是大山，翻过山背就是龙川黄石了，也方便部队隐蔽和撤退。"

林尧听了之后，高兴地说道："好！我们想到一块去了！等我回去就跟领导同志们汇报，现在你先带我去周围转转。"

林尧在尤水清的带领下，沿着尤氏老屋查看了一下地形。只见崇山峻岭三面围绕着水西洞，尤氏祠堂老屋建在一个山坡上，后面是重峦叠嶂的大山，一条山路弯弯曲曲地通向望不到尽头的大山深处。老屋的下面是一个盆地，站在老屋门口可以一览村口及村口的那条小河，这是一个绝佳的隐蔽处。

趁着观察地形的空隙，林尧也向尤水清介绍起现在的革命形势来。林尧随着革命斗争成长，1948年8月任边纵火焰队队长，1949年1月任和东人民武装六团第五连连长，对革命形势非常了解。

1947年的春天，中共广东区委派出干部进入九连地区，同时决定撤销中共后东特委和九连区临工委，建立中共九连地方工作委员会（简称"中共九连工委"），委员会由严尚民、魏南金、钟俊贤、吴毅（曾志云）组成，严尚民任书记。

3月的时候，他们先后进入九连，魏南金找到了林镜秋同志，代表中共九连工委宣布了上级的决定，成立了中共九连工委领导下的中共河东区分工委。魏南金任书记，负责全局工作，林镜秋为副书记，着重管军事，梁锡祥为委员，负责地方相关的党务工作。

当年秋天，在魏南金、林镜秋英明领导下的中共河东区分工委创办了油印小报《大众报》（当时的秘密代号叫"洞庭湖"），由李楚暂任编辑。后来，为适应从"小搞"转入"大搞"的形势要求，李楚被调往新一区任宣传委员，由杨群接手并任报社社长。

《大众报》为油印四开版，刊登的是中共九连工委秘密电台收到的新华社电讯，介绍全国各地解放战场的形势，用评论、通讯、问答等通俗易懂的形式，宣传党的方针、路线和政策，以及九连地区群众开展各项斗争的消息，同时也刊登宣传鼓动材料。林镜秋就经常给报纸撰写社论。

很快，这个平静的客家老屋开始热闹起来。陆陆续续来了很多我党派来的编辑人员和工作人员，负责《大众报》的相关编排工作。这时，在平静的村口，特别是在村头的大路旁，多了一个活蹦乱跳的小孩身影。

这个小孩就是曾被人戏称为"搞头王"的尤东彬，只是此时的他已经不再是单纯的"搞头王"了，而是一位机灵的共产党革命战士——"红小鬼"，身上多了一份责任与使命。他时而出现在村头的大树上，时而又出现在河堤边的草丛中，机警地为报社机关站岗、放哨。

后来，尤东彬跟随南下的部队，编入了叶挺警卫营。

农干培训班

为了培养农民运动骨干，加强对农民运动的领导，1947年，中共河东区分工委决定，在猪妈坑举办农民干部培训班，培训各乡村农会、翻身团的干部和进步青年。培训班的学员有梁培道、肖日暖、尤水清、刘其中、梁作英等60多人。林玉如任军事教官，李楚任指导员，培训班主任则是由林镜秋亲自担任。

林镜秋，水西洞人，1937年抗日战争全面爆发后，与在嶂下村教书的肖逸臣、水西洞的陈兰台、梅华村的林连佑等同僚建立了青年同志会，开办夜校，积极进行抗日活动，对青年进行形势教育，发动青年参加抗日自卫队。他是本地农民运动革命工作的主要领导人之一，在群众中享有崇高的威望。

尤水清还记得一些培训时的情景。有一次，学员们端坐着等教员给大家上课，尤水清坐在人群中，看到从大门口进来一位穿着中山装的干练中年人，虽然看上去风尘仆仆，但他步伐沉稳，十分精神。

尤水清认识这位老乡——林镜秋，水西洞乃至整个河东地区的农民运动领导人，他也打心底佩服这位心甘情愿整日奔波，只为穷苦老百姓过上好日子的大公无私的同村人。

"同学们，在座的很多学员我都认识。有些是和我一起搞农民运动的同志，有些是和我一起长大的乡党，还有一些可能是我曾经的学生。首先，我祝贺大家能代表你们所在的农会或翻身团，作为优秀代表来这里接受党的教育，今天就由我来给大家讲述一下毛泽东同志的《湖南农民运动考察报告》。"

林镜秋拉家常似的开门见山，亲切的语气一下子把大家的注意力都提了上来。停顿了一下，他继续说道：

"1927年1月4日至2月5日，毛泽东考察了湖南湘潭、湘乡、衡山、醴陵、长沙五个县的农民运动，写成了《湖南农民运动考察报告》，提出了解决中国民主革命的中心问题——农民问题的理论和政策。主要内容是：一、充分估计了农民在中国民主革命中的伟大作用；二、明确指出了在农村建立革命政权和农民武装的必要性；三、科学分析了农民的各个阶层；四、着重宣传了放手发动群众、组织群众、依靠群众的革命思想。"

学员们在下面认真地倾听着林镜秋的宣讲，布尔什维克的新思潮正随着林镜秋的声音逐渐武装他们的头脑，令他们的思想获得脱胎换骨般的新生。

最后，林教员亲切地总结道："大家回去以后，要继续发动群众，做好减租减息、停租废债等工作，带领受苦受难的农民兄弟一起推翻这个人吃人、人压迫人的旧社会，打造一个没有剥削、没有压迫的新中国。"

下面爆发出一阵阵热烈的、雷鸣般的掌声，经久不息。

严惩"黄斑虎"

在中共河东区分工委的领导下，河东地区农民运动以惊人的速度蓬勃发展，广大贫苦老百姓的斗争热情也空前高涨。

"黄斑虎"是老百姓给黄石乡乡长黄景新起的绰号，此人奸险恶毒，欺压百姓，无恶不作，群众恨之入骨，纷纷希望林镜秋部队可以为百姓除去这只盘踞在乡里的"恶虎"。

1947年，为了除民害，平民愤，林镜秋做了周密的布置。他首先派出侦查人员林振达等人，通过跟踪的方式摸清了黄景新的出入路线及生活规律，得到了他逢圩日一定会去黄石圩鬼混的消息。因此，他们挑选了一个圩日，让战士乔装打扮成赴圩的农民，挑着农产品，枪支藏在箩筐里，混在赶圩的人群里进入黄石圩。

果然，在圩日的泥石路上，"黄斑虎"黄景新不紧不慢地骑着他那辆威风的脚踏车，嚣张地来到黄石圩。

"队长，上不上？"一名战士看着黄景新的身影，咬牙切齿地低声问行动负责人林振达。他们一行五六个侦查员都带着武器，想要擒住"黄斑虎"简直易如反掌。同志们对"黄斑虎"恨之入骨，一看"黄斑虎"单枪匹马就进了黄石圩，恨不得立刻将他捉拿归案。

林振达探头向圩上看去，发现圩上人来人往，就摆摆手说：

"不要心急，今天是圩日，老人妇女很多，我们是为民除害，百姓的安全要放在第一位，我们在桥洞下隐蔽，等他回来再动手。"

"好的！"大家都信服地点了点头。林振达时刻将群众放在心上，令他们敬佩不已。

行动队员等到下午，终于等到了"黄斑虎"。只见他哼着小曲，得意扬扬地向桥洞口行驶过来。

说时迟，那时快，只听林振达一声令下，几个行动队员立刻像猛虎下山一般，三下五除二就把"黄斑虎"拽下脚踏车，五花大绑了。

随后，林镜秋马上组织召开宣判大会，张贴安民告示，宣布了黄景新的种种罪状，以人民的名义予以镇压。压在农民头上的大石被搬开了，老百姓无不拍手称快，扬眉吐气道："大林的部队是真正为民除害的子弟兵。"

由此，林镜秋的部队在民间声名远播。

而对于罪行比较轻的反动分子，林镜秋则采取相对宽容的方式，以惩戒教育为主。例如对于彭寨乡公所的所长黄铭初，在通过部队夜袭的方式将其捕获后，对他进行了刚柔并济的教育，罚款后释放，宽大处理。

惩办与教育相结合的办法，对国民党反动派及各地的地头蛇造成很大的震慑，极大地鼓舞了老区人民的斗争士气和热情，为河东地区的解放打下了坚实的群众基础。

第三章　尤门双英烈

深夜勇逃离

1947 年，初春。本该是春意盎然、万象更新的好日子，谁料国民党反动派在抗日战争胜利后，竟然积极准备内战，迅速将枪口调转向中国共产党领导的解放区。国民党在广东积极筹办各种保安团和还乡团，目的就是清剿活跃在农村地区的共产党领导的武装力量，迫害解放区分到田地的劳苦大众。国民党的恶行令穷苦百姓的生活雪上加霜。

"不准去参加什么农民活动，你就给我好好待在家里干农活！"一声厉喝响起，紧接着就听到拍桌子的声音。

在和平县一个普通的农户家里，家翁模样的李老汉十分用力地拍着吃饭的四角桌子，正在教训过门不久的儿媳妇尤妹。

李老汉旁边坐着的，是他的庄稼汉儿子李东二，还有李老汉的媳妇黄氏。黄氏沉默不语，但目光显露出对于老汉的认同。

"对的，我们娶你过门，不是让你来闹革命的。"李东二丝毫没有在意尤妹的感受，也跟着他爹的话音接口，斥责尤妹。

"你们不要忘了，如果没有共产党和农会带我们打土豪分田地，我们就是从早干到晚，都会吃不饱，穿不暖！做人不能忘本！"被斥责的尤妹丝毫不畏惧，正气凛然地辩驳道。

这位尤妹，就是前面提到的水西洞农会翻身团副团长尤水清的二女儿，又名尤根英。由于在革命氛围浓厚的水西洞村长大，尤妹打小就受到革命的熏陶，知道穷人要想翻身做主人，只有跟着共产党，跟着农会，因此她心中的理想，一直是为共产党贡献出自己的一份力量。

"我只是加入农会，用干完农活的业余时间帮农会和乡亲们做点力所能及的工作而已，这样有什么问题？"尤妹试图用平和的语气和李家人沟通，她放缓了语气，继续说道。

"总之就是不能去参加农会，你要去了我们就把你的腿打断！"李老汉对于尤妹条理清晰的反问无以应对，只能恶狠狠地威胁。

餐桌上的气氛变得异常紧张。

接受过革命教育的尤妹知道，自己和李家之间已经有了不可逾越的鸿沟。她放弃了跟李家再做进一步沟通的努力，一个大胆的想法正悄然在她脑海里形成。

一个伸手不见五指的夜晚，尤妹简单地整理了行囊，趁着众人熟睡的时候，偷偷离开了李家。她要奔向革命道路，奔向自由。

经过一个晚上的艰难跋涉，在太阳从大山的东边慢慢爬起来的时候，尤妹终于回到了水西洞，回到了这个后来被叫作"小延安"的古寨镇。

重回水西洞

尤水清今天起得特别早。不知为何，平日里总是睡得很香的尤水清，昨晚竟然做了一整晚的噩梦，得益于多年早起的习惯，他没有贪睡。像往常一样，起床之后第一件事情，就是把那头家族共有的、唯一的大水牛从牛栏里牵出，赶到河边去吃草。

在山里，水牛就是庄稼人的希望，也是整个大家庭最重要的劳动力之一，就算在饥寒交迫的年头，庄稼人宁可亏待自己，也不会亏待吃苦耐劳的老水牛。

感谢共产党，感谢农会，通过打土豪分田地，让贫穷的老尤家也能分到几亩肥沃的水田得以生活下去，更让他高兴的是，他们几家人还一起分到了一头水牛！

走到村口，尤水清看到了一个熟悉而瘦小的身影，蹒跚着向他走来。那身影越走越近，尤水清难以置信地揉揉眼睛，这才终于看清了，面前的人不是别人，正是他的二女儿尤妹回来了！

只见尤妹满脸疲惫，一身污泥，她早就认出了尤水清，在离尤水清只剩几步远的时候，就再也忍不住思乡的情意，快步扑向日思夜想的老父亲。喊了一声——

"阿爸！"

"我不嫁了，我不嫁了，那家是反革命，说要是我加入农会就把我的腿打断！"尤妹说完就跪了下去，抱着尤水清号啕大哭起来。

"阿妹乖，不哭！不哭！"尤水清听了之后也忍不住老泪纵横，抱着尤妹，泪水涟涟道，"是阿爸瞎了眼，把你嫁错了人家！"尤水清把尤妹扶起来，拉着她往家里走："走，跟阿爸回家！跟阿爸回家！"

夜救小战士

尤妹在家休整几天后，在尤水清的介绍下，正式加入了中共河东区分工委领导下的义勇军队（东纵粤赣边支队前身）。部队根据尤妹的特长，将她分配到了卫生队。

在卫生队里，尤妹充分发扬了客家妇女吃苦耐劳的精神，无论是急行军还是就地休整，尤妹都在卫生员的岗位上埋头苦干。提到尤妹，战士们无不竖起大拇指，纷纷称赞：尤妹真是我们东纵的优秀战士、优秀卫生员！

这天，在简陋的部队驻地上，突然有两位战士搀扶着一位浑身颤抖的小战士，来到了最近的卫生站。

"卫生员，快来看看，这位同志一直发烧，好像是打摆子①！"为首的战士撑着昏迷的小战士，焦急地对值班的尤妹说道。

"快把他抬到床上！"尤妹说。

———————————
① 即疟疾。

说话间，小战士被搀扶着躺在了一张简陋的木板床上。尤妹立即放下手上的工作，拿着药箱来到小战士面前。

她用手探了一下小战士的额头，好烫！她麻利地拿出一条冷毛巾，敷在小战士额头上，用物理方法降温。

说是卫生站，其实哪里有什么药品，只有一些从山里采摘的中草药。

"快，马上熬草药！"尤妹请两位战士帮忙烧火，然后，从房间角落拿出一束民间草药。这些都是她做药材生意的堂叔赠送给部队的。在那个缺医少药的白色恐怖时代，这是很厚重的馈赠了。

那一晚，尤妹整夜未眠，一边熬药一边观察小战士的体温情况，不时跟他讲话鼓劲。

第二天清早，一缕阳光穿透茂密的树林，穿过卫生站破旧的窗户，温暖地照耀在一直守候在小战士病床前的尤妹脸上。宛如天使的她，是那样美丽。

"你醒了！"尤妹揉了揉眼睛，看到病床上的小战士已经睁开了双眼。

"好点没有？"尤妹伸出手去，轻轻摸了摸小战士的额头。

"姐，我好多了，谢谢你救了我一命，昨晚要不是你帮我医治，我可能就要下去见马克思了。"小战士看到面前宛如天使的尤妹，心中十分感激，诚恳地说道。

"傻兄弟！你还年轻，以后的革命道路还长着呢！"尤妹被他一句"下去见马克思"给逗得"咯咯"笑了几声。

"你叫什么名字？"尤妹问道。

"我叫刘先河。"小战士用虚弱的声音回答。

窗外，战士们早已起身开始晨练，一阵阵拼刺刀的喊声汇聚成钢铁洪流，飘荡在山涧上空，久久徘徊。

革命的人永远年轻，革命的队伍永远刚强。

义献家药方

"尤妹，林书记叫你过去一趟。"一位通讯员打扮的战士跑了过来，和尤妹说。

"来了！"尤妹爽快地回答道。

在一个简陋的破房子里，尤妹见到了林镜秋。

"你就是水清家的二妹子尤妹啊！"林镜秋热情地问道。

"林叔叔好，我就是尤妹。"大家都是一个村子的人，尤妹小时候就见过林镜秋。由于林镜秋一直带着穷人搞农民运动，村里人都对这位革命者非常敬仰。

"我跟你叔叔和你爸爸都很熟啊，我们小时候还一起放过牛呢！"林镜秋哈哈一笑，和尤妹聊起天来。

"你昨晚通宵熬药救治小战士的事迹，他们告诉我了。你真是尤家的好闺女，值得表扬。"林镜秋高兴地说道。

尤妹被林镜秋表扬了，有点不好意思："谢谢林叔叔的夸奖。"似乎是想到了什么，尤妹突然两眼放光，语气也严肃起来：

"报告首长，我有个工作上的建议。"

"哦，什么建议？说来听听。"林镜秋来了兴趣，问道。

"昨晚那小战士的毛病我见过，应该是经常疲惫行军的战士们，晚上被山里的野蚊子叮咬后发作的。以前我南荣叔告诉过我，他在龙川听来往的客商教他说，我们山里有一些驱蚊的草药，可以熬成药泥状，在太阳下晒干，到了晚上用火点燃，就可以驱蚊了。"尤妹一口气说完，心里似有一块石头落了地。

"哦，那很好啊，你叔叔尤南荣是我们村有名的郎中，他说的准没错，你赶紧行动，我派两个战士帮你忙。"林镜秋大喜过望，"这样以后我们战士晚上睡觉就不怕蚊虫叮咬了，这可解决了大问题！"林镜秋说道。

"是！我马上去办！"尤妹挺直腰杆，敬了一个标准的军礼，风风火火地出去找叔叔告诉她的草药去了。

人民群众的智慧是无穷无尽的，在那个缺医少药的年代，中草药一直是我党游击队的治病良药。聪明好学的尤妹用她家传的驱蚊药方，不经意间为游击队作出了重大的贡献。

指挥部遇袭

1948 年一个夏天的早晨，天刚蒙蒙亮，有几只蝉在刺耳地叫个不停。国民党反动派伙同还乡团纠集将近一个营的部队，晚上悄悄地从龙川出发，准备围剿驻扎在河东地区的粤赣边支队。

尤妹和战友们像往常一样，早早起来，听着鸟叫蝉鸣开始这一天的行动。机关里的人有的在挑水，有的在烧柴火，还有的在洗衣服，大家都有条不紊，十分和谐。

突然，远处的山谷里响起了一阵枪声，紧随其后是炮火的轰鸣，一股股黑烟从对面的山头冒了出来。警卫部队跟国民党顽军已经交上火了。

尤妹拿起水桶推开门，刚准备去挑水，只听"轰"的一声，一发炮弹在她不远处爆炸，一阵土灰扬起来，呛得尤妹一阵咳嗽。

"快往后山撤退！快往后山撤退！"尤妹知道，这是敌人的迫击炮打过来了，说明敌人就在附近。她立即朝着四周大喊，招呼卫生站的伤员和同事们往后山撤退。

大家跟着尤妹急匆匆地往后山跑，跑了三四个小时，后面的枪声越来越小，又跑了一会儿，逐渐听不到炮火的声音了，负责警卫的小宋马上招呼大家停下脚步。

"敌人可能撤退了！"小宋爬到高处，往山下望去。山下一片灰暗，看不清敌人的位置。

　　尤妹听到队伍后面的招呼声，立马气喘吁吁地停了下来。她放下随身带的药箱，仔细看了一下周围撤退过来的人员，除了警卫班十五六个人，还有卫生员三四人，病员十几人，一共有二三十人。

　　警卫班班长老黄赶紧召集主要指战员和党员，大家一起开了个碰头会。

　　"同志们，我估计国民党顽军可能回去了。与其大家继续往前走，不如我们悄悄回去，毕竟我们在附近山上还藏了一些粮食和物资。"黄班长首先发言。

　　"行！"众人听班长分析得有道理，纷纷点头同意。

　　于是，大家又顺着山路往回走。他们都很乐观地觉得，敌人已经撤退，回老巢去了。

　　顺着山路，他们走到一条叫鱼潭江的大河前面，刚刚下了大雨，河水一片浑浊，波涛肆意地翻滚着，好像要吞噬一切。

　　离河不远的山坡上，突然又响起一阵激烈的机枪声，紧接着就是杂乱的脚步声。

　　"别让共产党跑了！"尤妹听到不远处响起敌人的声音。

　　"不好！敌人没有走，大家准备战斗，快想办法！"班长老黄这才知道中计了，大喊道。

　　原来狡猾的顽军杀了一个回马枪。这次终于被他们守株待兔，逮到一次立功的机会了。

　　尤妹是这里土生土长的孩子，最是了解鱼潭江的情况。

紧急关头，只听尤妹大喊："大家赶紧下河，这个鱼潭江是流向深山老林的，大家要么过河往下游跑，要么直接顺着河水往下漂！"

班长老黄一听觉得有理，也大喊道："听尤妹的，我来断后，大家赶紧下水，会水的同志就游到下游去，不会游水的想办法过河，然后往下游会合！快！快！快！"说完，他带上几个战士在树丛中阻击敌人。

尤妹最后一个下河，为大家断后。大家在河里蹚水前行，走到一半时，有位伤员体力不支，在她面前摇摇晃晃，眼看着就要倒下。尤妹二话没说上前扶住他，拽着他朝对岸游去。

枪声十分密集，尤妹只觉得耳旁子弹不停地呼啸着钻入水中。不知过了多久，忽然"噗嗤"一声，尤妹的胸口被子弹打中了。尤妹使出最后的力气，将那位轻伤的战士推了出去，而自己却倒在了河里，被汹涌的河水吞没在夜色之中。

第二天，战士们在鱼潭江下游的一个弯道河滩上，找到了尤根英同志的尸体。一个沾满鲜血的药箱，被牢牢地抱在烈士的胸口，这是尤根英同志在临终之前拼死保护的卫生站的重要武器，是尤妹为革命战友们保留的救治生命的绿色方舟。

后人有诗曰："仙人嶂下风雷荡，红色水西今名扬。尤家根英胜儿郎，逃婚革命情谊长。鱼潭牺牲多悲壮，敢教日夜黯神伤。"

暴风雨来了

1948年，随着河东地区的革命之火越烧越旺，驻扎在河源地区的国民党反动派越来越坐立不安。一场场针对河东革命老区的疯狂"围剿"，像夏日的暴风雨一样铺天盖地席卷过来。

国民党反动派占领了和平县新一区之后，除了继续大规模"围剿"之外，还组织地主武装，建立了反动据点，进一步强化保甲制度，实行"五家联保"，严查狠打，不允许老百姓与游击队有一丝一毫的来往。

国民党还实施"惩办通匪、庇匪、窝匪"，实行"一家通匪，五家问斩"的连坐政策，对我军的家属迫害更是变本加厉，不仅悬赏勒索，甚至威逼上山"劝降"，妄图一举消灭中国共产党和人民军队。

与此同时，见风使舵的恶霸地主也看准了机会，组成还乡团武装，开始反攻倒算，从农民手上抢回被分的土地和粮食。农会、民兵组织也被破坏。反动区、乡公所驱使走卒，在彭寨街头和各村庄、街镇涂写"活捉匪首林镜秋，赏谷五百石""窝匪藏匪杀头"等反动标语。据不完全统计，在反"围剿"期间，河东地区被杀被害民众约500人，被烧毁民房300余间，但国民党的残忍行为不仅没有吓倒群众，反而催生了人民的反抗精神。

烈士尤水清

1949 年的一个清晨，一只乌鸦突然从村口的老树上飞了起来。

水西洞翻身团副团长尤水清又像往常一样，赶着牛去吃草。都说水牛通灵性，今天水牛好像预感到了什么，不管尤水清怎么拉扯牛绳，它就是不愿意往前走。

"哞——"山谷中传来老水牛的叫声，是尤水清熟练地牵着牛来到了河边。平日里他遇到的是美丽的景色，可这次他碰到的却是几根黑压压的枪管，十几个还乡团团丁从村口冲了过来。

"你就是尤水清吧？"一个团总模样的大肚男子走了过来，十分骄横地瞥了尤水清一眼，说道。

尤水清探头一看，这人穿着国民党还乡团的制服，腰间别着一把驳壳枪，两只眼睛斜着望向他，一看便知来者不善。

"是我！"尤水清知道这次躲不掉了，坦然应道，"老子行不更名坐不改姓，我就是翻身团的尤水清。"

"哎哟，还挺嚣张！"那团总眉头一皱，撇了撇嘴喊道，"给老子绑了！"一群团丁一拥而上，把尤水清捆住。

尤水清被还乡团团丁五花大绑，推到了村里的一个晒谷坪上。陆陆续续地，四面八方拥来了好多团丁，还有不少被他们拿着枪逼过来的老百姓。两个多小时后，晒谷坪上站满了人。

外围站着荷枪实弹的国民党顽军，中间是方圆几十里的老百姓。

这时，还是那位团总，站在一个台子上面，扯着嗓子喊道：

"安静！"

见下面依旧吵吵闹闹的没人理他，他气愤地从腰间拔出那支驳壳枪，对着天空放了几枪。枪声响彻整片晒谷坪，全场顿时安静了下来。

"来人，把翻身团副团长尤水清给老子拉上来！"胖团总得意扬扬地喊道。

不一会儿，五花大绑的尤水清就被几个团丁拉了上来。

"你就是翻身团的副团长尤水清？听说你有一个儿子和一个女儿都加入共产党的队伍了？"胖团总手中挥着驳壳枪，恶狠狠地对尤水清喊道。

"你认不认罪？愿不愿意坦白，配合还乡团去把你上山的儿女劝说回来？"

"呸！你们这群地主老财的狗腿子，想得美！"尤水清抬起了他倔强的头颅，他不屑于在这群同人民作对的人面前低头，"我的孩子们都在和平人民义勇队，你们有本事到共产党的义勇队去抓！"

"奶奶的，敬酒不吃吃罚酒！"胖团总吃了个瘪，恶狠狠地说道，"闹革命闹革命，老子今天就让你上西天去闹革命！"

胖团总说完便挥了挥手，只听几声枪响，我党的革命家属、农会翻身团的副团长、英勇的汉子尤水清，为了伟大的革命事业，就这样倒在了国民党反动派的枪口下，倒在了村民面前，永远地闭上了眼睛。他的眼睛再也无法睁开，再也不能看到亲朋好友的笑颜。

"哞——哞——哞——"万籁俱寂的山谷，传来老水牛一阵悲天恸地的哀号！这分明是有灵性的水牛在向老主人做诀别。

据老人们讲，后来那头水牛连续几天不吃不喝，一直游荡在山谷之中。人们都在传说水牛有灵性，它在为汉子尤水清守灵呢。

老人们还说，尤水清烈士被人用草席包好，埋在彭寨黄土岭上。多年以后，尤水清老人的孩子、东纵战士尤东彬回来探亲，在尤氏祠堂的后山，这位共和国的第一批航空兵，曾经在阅兵大典上驾驶飞机经过天安门的飞行员，撕心裂肺地大哭了一场，从此以后再也没有回过这片他老父亲牺牲的故土。想来是太过悲伤，他再也不忍忆起痛苦往事。

后人有诗为记："山河破碎风飘絮，身世浮沉雨打萍。水西烈士尤水清，尤门忠烈为党拼。我劝天公重抖擞，翻身农民永太平。"

不屈的突围

1948年4月的中下旬，国民党广东省第六行政督察公署专员兼"龙（川）和（平）清剿总指挥部"中将总指挥曾举直，亲率广东保安第五团莫秉彝营、龙和"清剿区"所属和平县警队及地主联防武装共700余人，进入和平，驻扎在彭寨。

面对国民党的围追堵截，中共河东区分工委的应对措施是：一方面化整为零，采用敌进我退、敌驻我扰的战术，把非战斗人员避敌主力撤出中心地区，实行外线作战；一方面留下李楚（时任中共新一区工委宣传委员兼水西乡人民政府政治指导员）领导群众坚持斗争，龙川民众自卫队下属韩江队政治指导员袁若芳则因病留在水西。

1948年5月25日，李楚与袁若芳回到水西，在路上遇到了一区工委油印室的杨观峰与伍冠雄，因为当时天在下雨，几人临时决定在龙潭叶屋住一晚。这里前后都是高山，只有叶屋单家独屋。谁知国民党保五团1000多人在夜间兵分三路，专走山间小路，其主力从彭寨马塘前进，另两路分别从叶坑和黄石进攻，欲在26日合击水西嶂下、鹿湖、老杨坑一带根据地，企图围歼我军主力部队。

26日黎明前，李楚和同志们匆匆吃过早饭，准备上山。就在此时，保五团其中的一个连从屋后一条山间小路走来，正在屋外的伍冠雄一眼看到，拔腿往对面山跑去，想要引开敌人。一阵枪响，子弹射伤了他的左肩。

李楚在屋里听见枪声和人声，知道情况不妙。杨观峰掏出驳壳枪想要反击，又一阵枪响，他倒在血泊中，当场牺牲。叶屋被围，李楚、袁若芳还有和平县新一区文工队负责人杨洋被捕，被送往改为监狱的文昌小学内关押。李楚等人对党忠贞不渝，任凭敌人威逼利诱，李楚始终咬紧牙关，没有向敌人说出部队的情况和去向。李楚心中已有死志，甚至写了一封遗书，托出狱难友藏于鞋内，带回家中。

因为党组织通过国民党上层的统战对象出面营救，兼有我军南下的压力，李楚等三人最终免遭杀害。7月7日，他们被转押到阳明镇监狱。但关在监狱里的前锋班班长肖衍春却没能幸免，在10月的一天中午被杀害了。

1948年8月7日，广东人民解放军粤赣边支队正式成立。9月上旬，李楚等三人听到喜讯，在狱中高唱起歌曲《共产党的队伍真雄壮》。粤赣边支队第六团闻讯，在上莞驻地一次排级以上的干部开会时，政治部主任黄中强对他们的英勇行为进行了表扬。

监狱生活虽然艰苦，但也是共产党人斗争的场所，李楚在监狱期间，通过自己精彩的讲述，把许多关在里面的国民党逃兵争取了过来。他讲述革命的大好形势，鼓励难友们坚持斗争到底。

东二支在取得了五战五捷的喜人战果后，人民子弟兵回师九连山，阳明镇守敌顿时被人民子弟兵震慑住，感到风声鹤唳，草木皆兵。1949年2月上旬，中共连和县委特派傅明、黄百炼率武工队到附城、大坝地区活动。他们拜托曾在十九路军担任过团长的开明绅士黄汉廷带口信给国民党的和平县伪政府，要求释放李楚等人，以此将功赎罪。伪县长黄梦周竟然乘机勒索，电告战士的家属携黄金16两抵赎。1949年5月16日深夜，在各方人士的共同努力之下，李楚、袁若芳、杨洋终于获释。

第四章　传奇林镜秋

一门仨英杰

鱼潭江，原水西洞村的母亲河，养育了一代代的水西人。

这一天，三个放牛的男孩在河边玩耍。大的叫林镜秋，老二叫林镜清，老三叫林镜霞。为首的少年拿着一根树枝，在河堤上聚精会神地画着画。凑近一看，画的原来是一些武林中的英雄人物，虽然画笔简陋，但英雄人物形神兼备，栩栩如生。

旁边一个小男孩奶声奶气地问：

"阿哥，这个戴帽子、拿棍子的是谁啊？"

另一个少年林镜清不等哥哥回答，便抢先说道："我知道，阿哥跟我说过，他叫武松，景阳冈打虎的武松。阿哥跟我讲过武松的故事，说他酒量超好，三碗不过冈，那天喝了十八碗酒过景阳冈，顺手把为害百姓的长虫给打死了。武松是个大英雄，对吗，大哥？"说完，老二用仰慕的目光看着老大林镜秋。

"对的，对的！"林镜秋很兴奋地答道，"我最喜欢的就是武松，为民除害、除暴安良，是个大英雄！"

多年以后，这兄弟三人都加入了中国共产党领导的抗日军队东江纵队。在党和毛主席的领导下，参加了解放旧中国的土地革命、新民主主义革命、社会主义革命，成为共和国的栋梁之材。

其中老大林镜秋，在解放河源的革命事业中立下了汗马功劳，成为新中国成立后和平县第一任县委书记；老二林镜清，加入东江纵队后，跟着纵队南征北战，成为共和国军级干部后光荣退休；至于老三林镜霞，跟随东江纵队北上，后加入两广纵队，积极投身新中国建设事业，退休前曾任武汉市人民医院党委书记。

革命的机缘

光阴似箭，岁月如梭，曾经天真活泼的放牛娃林镜秋，也一天天长大了。

和平地处粤赣交接之处，自古以来就是十分重要的交通枢纽。为了生计，青年时期的林镜秋跟着几个好伙伴，成了最早的"长途货运司机"，靠往江西运输竹子等物资为生。

1927 年 10 月，毛泽东率领湘赣边界秋收起义的部队到达湖南、江西两省边界的井冈山地区。1928 年 4 月，朱德、陈毅率领南昌起义部队余部和湘南起义农军相继抵达了井冈山，与毛泽东领导的工农革命军成功会师，两支队伍合编为中国工农红军第四军。

井冈山地区地势险峻，经济落后。中国共产党在这一地区迅速建立和恢复党的组织，通过团结改造地方武装的方式，发展革命力量，建立了工农兵政府，领导农民分配土地，经历了"三月失败"和"八月失败"两次重大挫折和近百次大小战斗，成功地击退了国民党军阀的多次进攻，并且逐渐扩大革命根据地。

井冈山革命根据地是第二次国内革命战争时期，中国共产党创建的第一个农村革命根据地，开辟了中国革命以农村包围城市、武装夺取政权的光辉道路，井冈山革命根据地也因此被称为"革命的摇篮"。

彼时的江西，革命思潮已经雨后春笋般遍地开花。

大约是 1928 年的一天，林镜秋和几个同乡运送一批物资往江西赣州方向走去。半路上，他们走到了一处荒无人烟的地方，正十分随意地聊着天，没想到，树林里突然窜出一伙土匪。这帮土匪二话没说就开始哄抢他们运送的物资。

眼睁睁看着物资被抢，忽然间，林镜秋脑海中浮现出当年在河堤上画的景阳冈武松的形象，一股热血涌上头来，林镜秋不顾身单力薄，出手就跟土匪们打了起来。

俗话说，双拳难敌四手，恶虎难御群狼。就凭林镜秋几人，哪里是土匪们的对手。缠斗一番后，林镜秋逐渐体力不支，忽然间后脑勺被一棒子打中，顿时大脑中嗡的一声，晕了过去。

不知过了多久，他听到有人在他的面前喊：

"老乡，老乡，醒醒啊，老乡。"模糊间他看到有几位戴着帽子的军人模样的人围在他身边，正关切地看着他。

"你们是谁？"林镜秋艰难地睁开双眼，眼前一片蒙眬，看不清谁是谁。

"老乡，我们是红军。我们路过此地，刚好看到几个土匪在抢东西，等我们赶走他们，才看到你躺在地上，已经昏过去了。"其中一位年长的红军战士用和蔼的语气说道。

"哦，哦，谢谢你们了，你们是好人！"林镜秋连忙用还虚弱的语气向面前的红军道谢。"我那几个老乡呢？"

"他们几个被打得满身是血，好像先逃跑了。"另外一位红军战士看到林镜秋如此关心朋友，赶紧抢着安慰林镜秋道。

"这样，我看你是个搞运输的，你先跟我们回驻地养一下伤，伤好后我们就送你回去，好不好？"年长的红军战士建议道。

"好的好的，那敢情好！谢谢你们了！"林镜秋十分感激，连忙道谢。

很快，林镜秋被红军战士们带到了一个村子，来到一个挂着农会牌匾的祠堂里。一位女卫生员同志非常熟练地帮他清理了伤口，在他后脑勺的伤口上敷了一些药粉，麻利地扎上绷带。

林镜秋连连道谢。了解到对方是井冈山的红军，伤稍好之后，他便找到了那位救他的老红军，客气地问道："先生您怎么称呼啊？我叫林镜秋，是河源和平人，专门跑运输带货的。"

"哦，我们还是同宗，你叫我林耀祖或林同志吧！"老红军和蔼地回答道。

"林同志，感谢你的救命之恩，我之前也听说过井冈山革命根据地的事情，你们是一群英雄的正义之师。请问我可以加入你们吗？"身为一名不折不扣的热血青年，林镜秋早就对革命队伍仰慕不已，碰到这种机会，他肯定不会错过。

"可以啊，刚好我们在为打通粤赣两省的物资运输通道发愁呢。不过你可要想好，我们共产党是带领穷人闹革命的。第一，我们有严格的组织纪律；第二，我们干的可是为穷人翻身闹革命的、掉脑袋的事情哦！"林耀祖同志担心林镜秋不清楚其中的危险和艰苦，故意提高了语调。

"我不怕！我也是农民，我也要跟着共产党，解救全天下的穷苦老百姓。"林镜秋十分了解加入共产党队伍可能带来的后果，但他依然举起手，坚定地回答。林耀祖同志十分满意地点了点头，目光中透露出赞许。

从此以后，林镜秋就成为江西革命根据地运输队伍的一员，帮助井冈山的红军迅速打通了从赣州到龙川的物资运输通道，尤其是对于革命区急需的枪支弹药和医疗物资的运输，林镜秋所在的运输队起到了重要作用。

身份的转变

1930 年 7 月的一天，林镜秋和伙伴林其文、林亚培按照约定，来到了江西边界的一个联络点。当他们到达的时候，发现联络点已经被国民党反动派破坏，原来的联络人员也不知去向，为革命运输物资的工作已经无法继续下去。面对这样的情况，他们三个决定分头行动。

此时的林镜秋心有不甘，总希望能够再见到红军的同志。为了和红军同志再见上一面，林镜秋留在粤赣边界、和平的邻县定南，边做工边寻找机会。这样过去了一年，依旧无法联系上红军的任何人。1931 年，林镜秋只能回到和平老家，除了放牧、耕田，他还跟着船工一起学习撑船。日子就这样一天天地过去。

1931 年，"九一八"事变爆发，日本强占我国东北三省，国民党当局采取不抵抗政策，林镜秋心中充满了愤懑；1932 年上海爆发"一·二八"军民抗日战斗，更是进一步激发了林镜秋的爱国热情。

1932 年 1 月 28 日，日本海军第一遣外舰队司令盐泽幸一指挥海军陆战队，分三路突袭上海闸北。面对日军的猛烈突袭，国民革命军第十九路军在总指挥蒋光鼐、军长蔡廷锴的指挥下奋起抵抗，给日军以迎头痛击。

日军发动了四次总攻，残酷地对中方阵地，包括民宅和商店等，进行狂轰滥炸，但最终均遭败绩。蒋光鼐指挥军队在闸北、江湾、吴淞、曹家桥、浏河、八字桥一带展开了多次战役，日军先后三次更换主将，死伤逾万人。第十九路军第六十师第一一九旅第三团上校团长黄汉廷（和平县大坝人）奉命调赴前线杀敌。

第十九路军第六十师第一一九旅第三五七团中，为国捐躯者一共有 105 人，其中属和平籍的有九连连长黄瑾等 48 人。他们的热血铸就了钢铁般的长城，在我国近代抵御外来侵略的战争史上写下了光辉的一页。消息传来，林镜秋刹那间热血沸腾起来，认为自己应该立即采取行动，唤起民众，联合起来一致抗日。

林镜秋这样想着，同时也这样做了。他联系上了陈兰台、陈井澄等爱国青年，一起在水西广福宫成立了水西新青年社，作为爱国宣传的阵地；进而在古寨街头和水西社下等地方开展各种抗日游行示威活动，进一步调动了水西人民的抗日热情。

由于林镜秋出色的工作能力和组织能力，1932 年 8 月，林镜秋被聘为水西小学教师。由此，林镜秋完成了从一个"放牛娃"到"知识分子"的身份蜕变。

创四联中学

1937 年 7 月 7 日夜，卢沟桥的日本驻军在未通知中国地方当局的情况下，径自在中国驻军阵地附近举行所谓军事演习，并诡称有一名日本士兵失踪，要求进入北平西南的宛平县城（今属北京市丰台区）搜查，被中国驻军严词拒绝。日军随即向宛平城和卢沟桥发动进攻。中国驻军第二十九军第三十七师第二一九团奋起还击，进行了顽强的抵抗。"七七事变"是日本全面侵华的开始。

卢沟桥的枪声，打破了林镜秋平静的生活。为了更好地宣传抗日及组织自卫队，林镜秋向和平县政府提出将第四短期小学搬到古寨水西附近。

在这里，林镜秋不仅与水西、古寨等地的爱国青年共同进行抗日宣传，还担任民众抗日自卫队的队长，参与和平县抗敌后援会的工作。

随着思想的逐步成熟，在骆维强的介绍下，林镜秋同志于1939年7月正式加入了中国共产党，完成了他当年在红军领导下帮革命苏区做运输工作时许下的心愿，成为革命红军的一分子。

林镜秋在党组织的安排下，成为第三区的区员，积极团结国民党第三区区长陈启衍。在1940年春节前夕，林镜秋以区长的名义，邀请全区各界代表参加会议，提出在河东地区兴办一所中学的建议，得到了参会者的热烈赞同。

参会的开明绅士黄明甫发言道："河东地区没有中学，这是我们河东地区的遗憾。"

与会代表一致决定，依靠自己的力量创建一所中学，取名"四联中学"，并即席成立了四联中学董事会，推选黄明甫先生为董事长，推举陈启衍区长兼任四联中学校长。

会议还决定，将四联中学设在彭寨约场，并在学校后面的空地上新建教室宿舍六间，建筑费用以当时政府收田赋数额加两成为标准，动员全区人民热心捐献。

后期，在林镜秋的推动下，学校聘请了一批进步教师担任教务主任、训育主任以及班主任。这些从各行各业请来的教师，实际上也都是我党的地下组织成员，就连学生自治会的正副主席也是地下共产党员。在这样的红色氛围之下，四联中学实际上已经是我党活动的一个重要阵地。据 1941 年的统计数据，在第一、二、三届学生中，一共有 40 多个共产党员。

为了配合党的理论宣传工作，党组织及林镜秋又引导四联中学师生在彭寨圩开设了群众性的"浰东书店"，通过提供进步书籍，引导进步青年及广大人民群众走上革命道路。为了让所售进步书籍更加符合当时人们的需求，林镜秋决定亲自到梅县去采购。经过仔细思考，他挑选了一批包括毛泽东的《论持久战》《论新阶段》、朱德的《论抗日游击战争》、马克思的《资本论》等在内的进步书籍，以及《静静的顿河》《安娜·卡列尼娜》等文艺小说，公开摆在书架上出售。

与此同时，由林镜秋主编出版的《浰东月刊》也刊登了许多立场鲜明、评析尖锐的文章，痛击国民党顽固派的反动行为。其中一篇文章激怒了国民党当局，导致该月刊只出版了两期便被迫停刊了。四联中学继续出版《联中半月刊》，学生会则出版《联中学生》，继续宣传抗日救国主张。

在那个年代，林镜秋领导的地下党组织，最大限度地利用了当时政治环境所允许的条件，以四联中学为阵地，广泛地宣传中国共产党抗日救国的主张，起到了打击敌人、鼓舞人民群众的积极作用，为党的事业作出了不可磨灭的贡献。

奉命驰东江

为了便于联络，党组织后来又将林镜秋安排进县政府教育科任督学，这样他就可以到一些学校去，和当地党组织保持正常联系，能够更好地为党组织工作。

有意思的是，林镜秋的工作地点是在和平县城，常常为了去东水开党组织的会议，步行来往两地。

据统计，从县城到东水来回一趟有200多华里①。我们可爱的镜秋同志此时又展现出当年在粤赣边界帮红军运输枪支弹药时那种健步如飞的本领。在之后的游击岁月中，他带领的部队常常来无影去无踪，神出鬼没，搞得敌人疲于奔命，处处挨打，这样的成绩跟他这日行百里的腿脚功夫不无关系。

林镜秋在和平以校长、教师、督学等公开身份，通过各种形式，在抗日救国的旗帜下，培养了不少人才，逐渐发展壮大

---

① 1华里约等于0.5千米。

了党的组织。当看到他亲手参与创办的四联中学蒸蒸日上时，他感到党组织要他留在和平的决定是正确的，他在此发挥了自己的作用。

然而，就在此时，因抗日的需要，他终究还是走向了抗战第一线，而战争的火花，把一个教育战线上的"书生"，逐渐锻炼成了骁勇善战的指挥员。

1943年的冬天，为加强东江纵队的干部力量，中共后东特委书记梁威林命令林镜秋，迅速离开和平，前往东江纵队报到。

接到命令的时候时间已是十分紧迫，不容耽搁。林镜秋为了不让家人担心，只对他们说，要去桂林做生意，可能要很久才能回来，抗战期间交通音讯都不畅，不必挂念了。交代好之后，林镜秋便悄悄地按组织安排的路线踏上了新的征程。

林镜秋辗转找到了沙鱼涌地下交通站，由交通员带到土洋东江纵队司令部报到。东江纵队是广东人民抗日游击队东江纵队的简称，担负着在华南敌后打击日寇、保卫乡土的神圣使命，司令员是曾生，政治委员是尹林平（当时部队里只称林平）。

在司令部，政委林平由秘书长饶彰风陪同，两人一起接见了林镜秋。三人谈话之后，知道林镜秋是知识分子出身，搞过宣传文教工作，因此党组织安排他到《前进报》社负责副刊的编辑工作。一个月后，林镜秋调任到护航大队，任宣传干事和海涛出版社社长兼党支部书记。

海上的生活，在林镜秋眼前展现了全新的世界。"海阔天空"

这一成语以前只见之于文字，现在已出现在眼前。在和平，林镜秋熟悉的是在国民党政府统治下，采取秘密的工作手段，可是在这里，一切都是公开的，一切都是光明正大的，他们可以公开亮起旗帜，公开进行对敌斗争。总之，可以放开拳脚对敌人进行猛烈的进攻，林镜秋感到了前所未有的痛快。

因工作需要，林镜秋曾住在海上的大钓艇里，跟着渔民去捕鱼。以前只在咸鱼店里看到的马鲛鱼，在陆地上被当作奢侈品，而在这里，大马鲛、红鸡鱼都是鲜活的，是触手可及的，仿佛还带着咸咸的海浪的味道，让他大开眼界。但林镜秋的兴致不在鱼，令他心灵更加震撼的是海上的日出：海面上先是透出一丝光线，接着是红红的半圆从海平线上慢慢地探出头；它在颤动，在升腾，在跳跃，不断升起，映照出波光粼粼的海面；海水泛起了金波，浮光跃金大抵便是这样。一轮红日跃出海面，霞光万丈，照亮了林镜秋全身，也照亮了海上的渔船，照亮了乘着朝晖撒网的渔民，这是一幅奇妙的图画，宣示了无限的生机。

光明终将战胜黑暗，林镜秋面对灿烂的霞晖，对抗日战争的前途，对革命斗争的前途，对中国的前途，瞬间充满了希望。他奋笔疾书，为海涛出版社写出了充满战斗豪情的篇章。

后来，林镜秋又被调到大亚湾人民抗日自卫总队政治处，担任宣传股长兼党总支书记，接着又调任第七支队邓金大队任政委兼多祝区人民政府特派员。

在这里，林镜秋发动和组织群众实行减租减息、发展生产的政策；在这里，他召开爱国民主人士座谈会，争取中间势力，孤立反动势力，积极领导人民开展后续的抗日武装斗争。

战争岁月里，酷爱绘画的林镜秋不可能有空闲，即使他有空闲，也不具备条件作画，看到海上日出的奇观，他也只能在心中由衷地赞美而不能将这样美丽的景色绘上画纸。没想到，一次祝捷会，却使他意外地发挥了他的画技。大会主席台后幕上需要一幅毛主席像，然而大家想尽了一切办法，依旧买不到毛主席像。于是，很久没有画画的林镜秋自告奋勇，按照书刊上刊载的毛泽东木刻头像，放大绘制了一幅布底的毛主席头像，挂上主席台后幕中央。

虽然只是一幅头像画，但在当时的条件下，已是十分难得。会后，一位宣传干事把林镜秋画的毛主席画像整整齐齐地折叠好，放在自己的随身背包中，准备在需要的时候再用。

第五章　坚守在河东

日本终投降

1945 年，日本侵略军的败局已定，世界反法西斯战争迅速向胜利方向发展。林镜秋深深地记得，这一年的 7 月 26 日，中、美、英三国发表了《波茨坦公告》，敦促日本无条件投降。同年的 8 月 8 日，苏联发表对日作战宣言，苏军从东、西、北三面进入中国东北地区，向日本的战略后备军关东军大举进攻。

战场上，八路军、新四军根据中央指示方针，对日伪军发动了大规模的夏季攻势，取得了重大胜利。

根据中共中央军事委员会延安总部的指示和命令，东江纵队的司令部向所属各部队发布紧急命令，要求"动员全体军民，开入附近敌占据点，解除日伪武装，维持治安，镇压土匪特务破坏活动、保护人民生命财产"。

林镜秋看到黑暗即将过去，黎明快要到来，心中不禁激动万分。他带领队伍，在第七支队的统一指挥下，与第六支队一起，在东江人民武装工作总队的配合下，解放和控制了海陆丰以北从惠东高潭、陆丰黄羌和新田直到紫金龙窝、九和、中坝和五华县华阳、安流等地。

经过中国人长达 14 年的英勇抗战，1945 年 8 月 15 日，日本政府宣布无条件投降，9 月 2 日正式在投降书上签字，中国人民的抗日战争在这一刻胜利结束。林镜秋和他带领的部队，与东江纵队的全体指战员一样，牢记党的教导，在欢呼胜利的同时，不忘时刻握紧手中的枪，没有放松革命的警惕。

具有多年地下活动和军事斗争经验的林镜秋预感到，我们与外国侵略者的斗争已经完成了，但国内的斗争之路还会很长，国民党当局会抢夺胜利的果实，人民还不可能马上当家做主。他已经预感到，新的斗争即将开始。

在黎明即将到来的时刻，林镜秋记起了高尔基的《海燕》，在心中默默地背诵海燕的呼唤："让暴风雨来得更猛烈些吧！"

重返九连山

抗日战争胜利后，中国共产党提出了在和平、民主、团结的基础上，实现全国统一，但国民党蒋介石政府不顾中国共产党的呼吁和良好愿望，固执己见抢夺胜利果实，加速调集军队向解放区进攻。

中国的内战遭到了美帝国主义的干涉，在美帝国主义的武力支援下，国民党急调大批美式装备的军队抢占大城市和战略要地，加紧策划反革命内战。在广东，国民党调进了新一军、五十四军、六十三军、六十五军、四十六军等军队，以"接管""剿匪"为名，对人民大肆抢掠，疯狂屠杀，使战后本就贫弱的广大群众受到严重摧残。

东江纵队是国民党军重点"围剿"对象。国民政府广州行营主任张发奎动用4万余兵力围剿东江纵队，并经常出动空军配合作战，采用所谓"网形合围""反复扫荡"及"填空格"战术，对人民军队、民主政权和民众团体人员实行残酷的屠杀政策。

为了保存革命力量，东江纵队在进行必要的自卫反击之后，决定主动转移到敌后山区，发动和武装人民群众，建立新的根据地，发展革命武装力量，以应付内战。其中有一支队伍，肩负着北上九连山区开辟新根据地的任务，这就是东江纵队第三支队。

为了加强东江纵队第三支队的力量，9月中旬，林镜秋奉命从第七支队邓金大队的政委任上调到第三支队，同时被调的还有当时第七支队政委兼惠东县委书记曾源及其爱人陈慧，以及黄定邦、林风时、罗贵、李天生，共7人。

九连山地处粤赣边界，山高林密，层峦叠嶂，山脉绵延数百里，东连福建，西接五岭，南临东江，北靠江西，是具有重大战略意义的军事要地。在东江纵队领导下，第三支队按照广东区党委的战略部署，到九连山开辟新战场，与指挥部所辖其他兄弟部队构成掎角之势，密切配合，互相接应，反击国民党军的军事进攻，粉碎其内战阴谋。

10月21日，第三支队从博罗的何家田出发，在河源县的廻龙渡过新丰江。26日，在南湖，第三支队击破国民党的阻拦后，改为夜间行军。在灯塔，英勇的第三支队再次突破国民党军的拦截。此后，他们一路扫除障碍，终于在11月初抵达目的地——和平热水新洞。

为了抢在国民党军跟踪追击发动进攻之前做好还击敌人的准备，支队将部队分成多路，迅速转移到九连山的外围地带，建立了几个军事活动区，构成外线作战态势。在兵分五路中，林镜秋和王彪、陈实棠率领一个中队和手枪队，先到和平与河源交界的船塘、三河地区活动。不久，又由林镜秋带领一部分队伍到河东的彭寨、林寨、古寨河东水及川北一带活动，开辟了一个全新的游击根据地。

坚守在河东

林镜秋到河东是胸有成竹的。抗日战争时期，他在这一带播下了革命的种子，培养了一批党员骨干，有了一批可以依靠的对象。他把队伍带到了水西的嶂下，在嶂下湾三户农民的老房子里暂且驻扎下来，然后尝试从两个方面开展斗争活动。一是妥善安排带来的人员，二是吸收新成员扩大队伍。

当时部队里的重要任务是：宣传和发动群众贯彻"政治上要

求停止内战，实现和平民主；经济上要求减租减息，改善民生；军事上实行'人不犯我，我不犯人，人若犯我，我必犯人'的自卫斗争原则；号召当地的所有人民群众武装起来，坚持自卫斗争，反对内战"的战略。林镜秋带去的队伍中，除了他本人是当地人外，其余的分别来自惠（阳）、东（莞）、宝（安），其中以东莞人为最多，想要把这支武装队伍转变为一支比较专业的宣传队，困难确实不少，而有利条件则是当地群众基础好，同时还有一批骨干。

林镜秋召集地下组织成员，通过他们带动一批进步青年参队。他把当时任地下区委书记的胞弟林镜清及党员肖集思、梁佛荣、林可成、陈奕混，以及嶂下进步青年肖南宣、肖夫，水西的陈廉、林玉明等全都招进队伍。

林镜秋决定把部队化整为零，以小分队，甚至两三人的小组为单位分散活动，把整支队伍分为15股，在广阔的龙和河地区各显神通，施展才智。林镜秋优秀的战略思想让分散开来的星星之火在各地熊熊燃烧，趋向燎原之势。至于他自己，则亲率一支小分队，带着东江纵队政治部印制的大量《关于减租减息条例》以及其他宣传品，以公开的身份，在龙和河地区进行相关活动。

林镜秋凭着他在和平的威信和深厚的群众基础，可以说是如鱼得水。他带领队伍纵横驰骋，出奇制胜，又来无踪，去无影，屡屡给敌人以出其不意的打击。敌人处处挨打，晕头转向，摸不清林镜秋队伍的实力和去向，被林镜秋耍得团团转。

林镜秋多年来积极从事宣传文教工作和部队的政治工作，积累了较为丰富的政治工作经验。在与敌人进行斗争时，他常常打出组合拳，采用秘密与公开、常规与非常规、内线与外线相结合的方式进行活动。

林镜秋每到一地，首先在军事上对敌人形成震慑，同时深入民间，宣传共产党和平民主的真诚愿望，密切联系群众，帮他们减租减息，发展生产，改善生活，反对高利贷，铲除恶霸，实施一系列给群众带来实惠的政策。

这使他和他的部队迅速赢得了民心和拥戴，仅用了6个月时间，就在龙和河地区深深扎下了根。有了人民群众的帮助，他们便可以活动自如，在斗争中有力地打击国民党反动派。

林镜秋部队能神出鬼没，也是因为他依靠地下党组织建立起了严密的交通情报网点，使他们虽身在深山，依然能够对外界情况了如指掌。他还安排了地下组织成员肖逸臣、林连佑等人，以小学教师的身份为掩护，搜集情报，购运物资。为了开辟财源，解决部队的给养，他派林镜清带4名队员到东水一个名叫伯公婆伯婆的要隘筹款。

林镜秋部队在惩办凶顽方面深得人心，至今仍为人称道的主要有几件事：一是侦察了解到敌特分子与反动的地方势力相勾结，企图进行反革命活动后，林镜秋的队伍以迅雷不及掩耳之势，突袭东水街，惩办了特务刘某某；二是攻打反动地主梁嘉桃，捉获其弟，缴获了一批枪支、物资；三是派人潜入四联中学，惩办特务分子蔡琼民。这几处枪声，也拉开了河东武装斗争的序幕。

林镜秋在地方积极进行斗争的同时，全国形势也在发生着迅猛的变化。随着国共两党谈判结果的达成，东江纵队要北撤山东，第三支队必须集合南下。活动在河东的林镜秋距离支队领导机关较远，当时还没有电讯联络的条件，传递信息的交通员又不幸在途中遭敌人逮捕，当他最终接到集中命令赶去支队报到时，已比其他部队晚了许多。

斗争渡难关

由于国民党当局在抗战胜利之后，一直加紧部署和挑动内战，为了应对必然出现的内战在全国爆发的严重局势，保障地下组织成员、东江纵队人员的安全和人民群众的利益，第三支队在奉命北撤山东的同时，从两个主力大队中挑选出一支精干的队伍，留在九连山坚持斗争，积蓄力量，等待时机。

留下的人员务必要政治上坚定可靠，思想觉悟高，身体条件好，除此之外，还得有一个坚强有力、能独当一面的领导班子。经过再三研究筛选，最后挑选出58人留下，组建了"中共九连山区临时工作委员会"，由曾志云任书记，王彪任副书记，林镜秋、陈实棠为委员。部队番号为"连和人民自卫大队"，政委曾志云，大队长王彪，副大队长陈实棠，政治处主任林镜秋。林镜秋的弟弟林镜清及河东参队的几位同志则随东三支北撤了。

一行人在沙鱼涌分别，临行前，林镜清和林镜霞激动地握着哥哥的手，想要再看一眼自己亲爱的兄长。而林镜秋也抑制不住心中的情绪，抚摸着两个弟弟的头，将二人搂进了怀中："你们此去一定要保护好自己，我们在斗争胜利之后再相见！"

此去一别，生死难料，林镜秋平复心情，对着自己的弟弟说道："希望你们可以更加奋进，为解放全中国贡献自己的力量。"两个弟弟含泪应下，他们知道，这是兄长的重要嘱托。

隐蔽待天明

1946 年 5 月 7 日，东三支领导和留下的领导班子在鹅公髻开了一个具有历史意义的会议。会议明确要求，在东江纵队北撤到达山东烟台之前，留下坚持斗争的队伍，必须进入绝对隐蔽状态，在隐蔽期间，不得以东江纵队或其他中共领导的武装队伍的名义公开活动，以免给国民党当局找到借口，破坏北撤协议。第二天，领导班子举行了全体留守人员大会。

5 月 16 日，东三支部队抵达乌柏坝，决定北撤与留守的小分队就在这里分别。大家都知道，此处一别，从此天南地北，关山远隔。每个人的心中都泛起依依惜别的深情。

　　林镜秋和留守的同志们深知，他们将面对一种未曾经历的、有话难说、有枪难使的隐蔽的黑暗日子。他们必须以坚韧不拔的精神去接受全新的考验。林镜秋他们当时没有想到，解放战争的形势发展得比预料中的快。

　　他们同样没有料到的是，留下坚持的 58 位战士就是埋在九连地区的火种，一支全新的人民革命斗争队伍由此发展壮大。而且，在九连烈火燃烧起来后，各地风起云涌，烧红了粤东河山，掀起了一阵革命的风潮。

　　林镜秋他们肩负重任，在与东三支告别后，先是在江西境内与江西的保安团捉迷藏，而后便钻进深山密林人迹罕至之处，风餐露宿，有时能遇到砍柴人用过的废弃茅棚得以暂时遮风避雨，就已经是幸事了。因为要和敌人周旋，林镜秋等人居无定所，无法驻足隐蔽，口粮也遇到了困难。国民党发行的纸币很快贬值，买不到粮食，常常只能靠清水熬煮几根瘦小的竹笋充饥。于是，部队决定返回广东连平和平一带，化整为零，灵活开展对敌斗争。

　　7 月，部队返抵和平热水，此时，国民党军大部已撤走北上，和平尚留下第一五二师的一个团。国民党当局实施"绥靖""清乡"等政策，联防联保，强迫自新，和平上下陷入一片白色恐怖，林镜秋他们面对与几个月前完全不同的局面，感到形势十分严峻。就连给山上的部队送口粮的老百姓也惨遭杀害。面对这样的情况，大家决定兵分三路：曾志云率一部分人留在九连山，林镜秋与王彪各带 10 多人分别到河东和河西。

　　林镜秋到了河东，因这里有坚实的群众基础和良好的社会关系，情况有了好转。林镜秋带着十几个人，这里几天，那里几天，和老百姓交朋友，宣讲政策，居然神不知鬼不觉地在国民党反动派眼皮底下生存了下来。

　　林镜秋苦苦等待，终于从百姓手中的报纸上看到了东纵北撤军队已到达烟台的好消息，王彪及曾志云也先后获知此消息。曾志云通知几人集中到和平东水大山赵公庙九连山工委，他们在这里举行了会议，决定重举战旗，开展武装斗争。

　　林镜秋率领部下开拓河东区（包括龙川的川北、车田、黄石、黎咀、贝岭、龙母等区乡）。再次回河东地区，林镜秋更加胸有成竹。这里的山山水水、村村寨寨都令他感到无比亲切，一草一木都在他心中。更重要的是，这里的老百姓，尤其是贫苦农民，早已把林镜秋当作自己可以依靠的亲人，是给他们指出光明的出路、带领他们争取翻身解放的领路人。

　　林镜秋在所到之处张贴布告，提出"反三征""反清乡""反迫害"的口号，而人民群众则把他和他的部队接到家里，嘘寒问暖，送茶送饭。一些社会上层人士，如林小唐等，对林镜秋及其部队也是大力支持，他曾说："大林有什么需要，只要提出来，我就会全力以赴，帮助解决。"

　　当时部队中因有一小队长也姓林，为了区分两人的称呼，大家把林镜秋亲切地称作"大林"。此后，在部队和地下党里，"大林"就成了对林镜秋的昵称。熟悉的同志终生都以"大林"

称呼他。

在兵分三路之初，林镜秋与王彪所率的队伍也曾经共同行动，以扩大影响，震慑顽敌。那时，林镜秋与王彪率领部队到了河源的船塘，与地方党组织会合，共同研究，决定首先打击曾经告密并贿赂国民党军陈善芬一营、杀害共产党员谢映光的反动土霸丘挺山。

丘挺山自恃楼高屋大枪多，据守楼阁负隅顽抗。经过一番激战，地方党组织成功攻克了丘挺山的房屋，俘获丘挺山父子3人，缴获步枪4支、手枪2支、现款120万元。勒令丘挺山交出手枪10支、现金1000万元后，将其父子释放。这是东纵北撤后，九连地区一次较大的军事行动，被评价为"一战震九连"。

林镜秋回到河东后，一些深受鼓舞的青年纷纷找到他，要求参加部队，为革命斗争献出自己的一份力量。根据形势发展的需要，他分批吸收了一些当地青年，对他们进行训练后编入队伍。他布置部分地下组织成员继续以教师、商人、职员等身份，做好秘密交通情报工作，使先前已经建立的交通情报网络进一步扩展和巩固，使部队有了千里眼、顺风耳，可以随时了解各方面的动态。

11月至12月，林镜秋部队采取了几次行动。根据群众反映，川北车田乡，有一个勾结国民党、横行乡里、成为一方土霸的大地主彭肇选，老百姓对他敢怒不敢言，盼望部队能杀杀他的威风。为了一战制胜，振奋人心，林镜秋派林振达乔装进入彭肇选家大院，摸清家丁人数及火力点，然后组织队伍黑夜突袭，缴获了短枪 4 支、长枪 12 支、黄金 1.5 斤、白银 3 担，而缴获的 100 担稻谷则就近分给了农民。彭肇选本人趁乱逃脱。这次夜袭，不仅解决了部队的给养问题，还振奋了民心，让人民群众看到了希望。

而对于罪行较轻的反动分子，林镜秋则以惩戒教育为主。例如彭寨乡公所的所长黄铭初，部队夜袭将其捕获后，只进行教育和罚款便释放，给予出路。

正是这种惩办与教育相结合的办法，对国民党地方政权及各地地头蛇产生了有效震慑。在还没有与上级党组织取得联系的情况下，林镜秋审时度势，以敏锐的政治嗅觉在河东地区打响第一枪，声威迅速传遍九连地区。

国民党为了掩盖失利的事实进行了必然的抹黑，国民党报纸对于九连山人民武装的污蔑性报道，却无异于告知中共广东区党委，留在九连山隐蔽的同志已经被迫拿起枪杆子干起来了！星星之火，势必燎原！

重举战旗飘

1947 年年初，党的领导机关决定正式恢复武装斗争。

1947 年 3 月，中共九连工委的严尚民、魏南金（当时化名黄乾）、钟俊贤和吴毅先后来到九连，魏南金找到了林镜秋。

魏南金是龙川人，在此之前虽与林镜秋从未谋面，却对他的名字有较深的印象。原因是当年陈祥在担任龙川中心县委书记时，曾对魏南金讲过林镜秋能写文章，擅长绘画，还说林镜秋在筹建四联中学时工作很出色，此人既有革命的坚定性和斗争锐气，又多谋善断，有过人的工作能力。那时候林镜秋在魏南金心目中已有了良好的形象。

在准备公开旗帜正式恢复武装斗争的前夜，共同的理想与信念使他们俩一见如故、相见恨晚。林镜秋因为终于跟上级党组织接上了头，对魏南金的到来，更是有着说不尽的高兴。他把魏南金安置到嶂下部队的指挥部，两个人同住一间房，同在一张桌子上吃饭、研究工作。

在嶂下，两个生死与共的战友共同度过了很长的一段战斗岁月。林镜秋也曾带魏南金跟当年四联中学的学生党员、潜伏河东的梁锡祥接头。

魏、林两人在嶂下研究并确定了恢复武装斗争的第一仗——打彭寨，破仓分粮给附近农民度过荒月。魏南金代表九连工委宣布计划，前线指挥则由林镜秋负责。

林镜秋做了两手准备，务求全胜。一是通过地下组织做好进步人士粮管员陈星初的工作。二是组织精干队伍，兵分两路化装奇袭。一路是长枪队，目标是粮仓；另一路是短枪队，目标是乡公所和警察所。5月23日白天，短枪队的战士们化装成赴圩的群众，挑着箩筐，混入赴圩的农民里，直达警察所门前，撂下担子，亮出驳壳枪，制服哨兵，很快就干净利落地把全部警察缴了枪，活捉了乡长和警察所所长。而粮所那边，长枪队抵达后，由陈星初配合工作，命令管仓员开仓，周围各村的贫苦农民闻讯前来分谷，直分到天黑。分到粮食的群众欢天喜地。

第二天，即5月24日，林镜秋指挥部队乘胜进攻东水。这一役，士兵们既没有化装突袭，也未作强攻，而是采用政治攻势。同时，林镜秋通过担任东水乡乡长的地下组织成员叶绍基作为内应和警察所沟通；另外又通过东水守敌连长的亲戚传递书信，陈述利害，动员该连长投诚。林镜秋与该连长谈话后，将他释放；警察所这边，则由起义的巡官命令所里警察全部放下武器。

此役不费一枪一弹，还缴获了步枪20多支，开仓分粮500多担。紧接着，林镜秋又乘势挥师林寨，俘获乡长以下七八人，缴枪分粮200余担。30日，部队进军公白，联防队望风而逃，部队攻占长阁楼。开仓分粮之后，部队继续横扫河西的船塘、三河、上莞及连平的大湖，所到之处，均破仓分粮。群众对于军队的义举纷纷欢呼雀跃，翻身运动风起云涌，要求参加部队的青年踊跃前来。整个龙（川）和（平）河（源）至连平大湖、三角一带都受到极大震撼。

林镜秋对发展和巩固党的组织以及做好秘密工作十分重视，在对敌人进行军事打击的同时，也紧抓党务工作。在与梁锡祥接上头后不久，1947年春天，魏南金、林镜秋派出得力部下，连夜将梁锡祥接到嶂下总部，林镜秋将魏、梁二人带到一个偏僻山头的地廊之中一起开会。魏南金代表九连工委宣布上级党组织的决定，由他们三人组成中共九连工委领导下的河东区分工委，魏南金为书记，负责全局工作，林镜秋为副书记，着重管军事，梁锡祥为委员，负责地方党务工作。

接着，在古寨、彭寨、东水、和北、川北等地，共产党先后组建了在河东区分工委领导下的党委机构。

在河东区分工委第二次开会时，林镜秋特别嘱咐梁锡祥重建四联中学党支部，在那里发展党的组织。为了方便工作的开展，林镜秋亲自去拜访四联中学校长肖震天，请他聘梁锡祥到联中任训育员，并诚恳地向肖震天等要求参队的同志分析了留在地方做好工作，也是革命需要的道理。

此后，四联中学的党支部恢复了，肖震天等人也被吸收入党。以此为据点，1948 年，在四联中学附近又以彦兴小学为基地新建了十聚党支部，到 1949 年夏共发展了 37 名党员。整个河东的党组织从 1947 年春恢复重建，共有党支部 13 个，党员 150 多名，基本上满足了武装部队、党政建设、群众组织建设等各方面的干部需要。同时也使林镜秋的军事行动处处有耳目，处处都能得到地方有力的支持。

林镜秋还十分重视舆论工具建设。1947 年秋天，在魏南金、林镜秋领导下的中共河东区分工委创办了油印小报《大众报》（当时秘密代号叫"洞庭湖"）。

报纸油印四开两版，刊登九连工委秘密电台接收的新华社电讯，介绍全国各地解放战场形势，用评论、通讯、问答等通俗形式，宣传党的方针、路线、政策及九连地区群众开展各项斗争的消息，同时也刊登宣传鼓动材料。林镜秋经常亲自给报纸写评论，包括社论，对报社工作人员的生活和安全也十分关心。如同春风一般的温暖让报社同志大为感动，也令他们在残酷的斗争环境中仍能坚持工作。

无论军事斗争还是地方建设，都需要大批干部参加。林镜秋从筹建四联中学开始，就十分重视培养人才。如今，军事上连续获胜，游击区也已建立起来，影响甚广，远自兴宁、五华、龙川等地亦陆续有先进青年进入游击区。面对新的形势，林镜秋以嶂下大本营为基地，先后举办了军干班、青干班、农干班、卫生员训练班等，林镜秋和魏南金亲自在这些班上讲课，为青年骨干传递相关的知识。到 1947 年冬，共培训了 300 多名青年。

在林镜秋的指挥下，随着军事斗争的节节胜利以及贫下中农青年积极分子极大的参军热情，以嶂下大本营为中心的革命武装队伍也迅速发展壮大。李群在古寨，陈荣章在彭寨，骆柱石在东水，林强在贝墩，徐梓材、林若在下车、油竹坝，各有四五十人枪，骆仰文从河东返川北建队也有 50 余人枪。此时河东部队已从几十人枪发展到 300 人枪。

接下来，陈苏中队升格为主力大队，下辖郑新强、梁山、林振达三个中队，陈苏为副大队长，林镜秋兼任大队长和政委。不久，随着队伍的发展，李群、陈荣章、林若的队伍也都成立大队。到1947年12月，河东的武工队进一步发展，有以叶奇、骆接青、叶宗武、刘进、曾辉、肖琴书、何友达、凌春桃、黄桐、林尧、谢宗湖、陈兰台、肖日保、黄西金等人命名的14支武工队。在武装队伍扩大的同时，周围乡村建立起了农会、民兵、妇女会及基层政权，此时的河东地区已连成一片，红色割据形成，国民党区乡政权已完全瘫痪，共产党势力已逐渐成形。

九连工委曾经在1947年12月的一份文件中指出："事实已经证明我军愈战愈壮大，敌人是无法战胜我们了。"

1947年10月，中国人民解放军总部发表了《中国人民解放军宣言》，中共中央也颁布了《中国土地法大纲》。中共九连工委从电台接收到这两份文件和晋绥等解放区《一手拿枪，一手分田》的报道，立即决定由"小搞"转入"大搞"，即停租废债，分粮分财分田。林镜秋在嶂下的大坪下召开了有各界人士参加的千人大会，和平北部及龙川北部也派出代表参加，宣布成立水西乡人民政府，实施土地改革，停租废债，分田到户。

紧接着双溪、安坳、马塘、高山四个乡也相继成立了乡人民政府，开展分田行动，同时成立了和平县新一区人民政府。这时候的河东，革命烈火已经燎原，农民已经翻身做主人，在分得的土地上辛勤劳作。大家共同努力，多种粮食以支持人民子弟兵打胜仗。

对于人民的胜利，反动派是不会甘心的。1948年的3～4月间，国民党军队对解放区和人民武装部队进行了大规模"扫荡"。

国民党政府的中将曾举直、县长黄梦周共率 700 余兵力，重点进攻河东区，采取"分区清剿""重点进攻""分进合击"等战术。林镜秋率部队撤出中心区，实行外线作战。

攻其不备，出其不意，共产党率领群众直插油竹坝袭击联防队，共击毙敌人 5 人，缴获长短枪及物资一批。当敌人发现大林部队在优胜以北时，又扩大纠集了 800 余兵力扑去，大林部队在毙伤敌军 30 余人后，又星夜兼程，急行返回水西。

敌保五团发觉后，再纠集龙和两县军警、联防队 1300 多人，分三路，即彭寨马塘一路、彭寨叶坑一路、龙川黄石一路，包抄合击河东的水西、嶂下、鹿湖、老杨坑一带根据地，河东区军民在林镜秋的指挥下，与敌人开展浴血奋战之后，化整为零，分散转移，再次撤出中心区转到外线。

反动派找不到林镜秋的游击队，不禁气急败坏，保五团团长列应佳及和平县县长黄梦周，在和平县城及古寨、彭寨及各处乡村广发通告并刷出大标语："活捉匪首林镜秋者赏谷五百石！"

就这样，反动派们烧了林镜秋的房子，把他父亲林庆廷投入县城监狱，就连暗中支持过大林部队的林小唐也被抓去蹲了大牢。但由于国民党当权者心惧林镜秋和人民的舆论，始终不敢对他父亲及林小唐下毒手。林镜秋的父亲和林小唐直至新中国成立后，才得以出狱重见天日。

林镜秋在运用军事斗争手段与国民党军周旋的同时，还注意统一战线，分化瓦解敌人，为我所用，达到孤立一小撮冥顽不化的反动分子，然后给予精准打击的目的。

1947 年，当发现曾经共同从事过抗日工作的周刚如走向反动道路时，林镜秋当机立断，巧妙地将他捉到部队，诚恳地与他长谈多日，并让他与队伍共同生活一段时间，让他亲身体会人民武装队伍的性质与国民党军队是截然不同的，是全心全意为人民的。周刚如幡然悔悟，选择站到人民一边，并写信劝告家属交出轻型机关枪 1 挺、驳壳枪 4 支、步枪 2 支、稻谷 200 担，还在回乡后公开宣传大林的部队是延安式部队，并劝告贝墩乡反动乡长叶席珍"放下屠刀，立地成佛"。

在反击敌人"扫荡"的 1948 年 4 月，林镜秋在河明亮舍营里的反"扫荡"会议上做出了具体的部署，不与敌人死拼硬打，而是积极开展政治攻势，全面做好统战工作，有重点地瓦解敌营。会后，梁锡祥根据林镜秋的部署，对国民党古寨乡公所开展了秘密活动。

当时，林镜秋已经派梁源业打进古寨，任职一、二保联防办事处主任，又增派梁楠材进入办事处秘密配合工作，里应外合，解放古寨。

至于梁锡祥本人，则渗透到国民党安坳第七保办事处当主任，通过各种方式沟通、争取，联络和团结了知名人士、县参议员梁桂初，开明人士林含英，中心小学校长梁仲颜及六、七保正副保长等，形成反"扫荡"联络核心，以例行公事为名，轮流在各村开会，沟通情况。

在得知黄梦周要在七、八、九三个保成立地方联防队围攻游击队时，梁桂初等乡绅推荐地下组织成员梁暖当主任，掌握领导机关，并派梁耀桃到联防队，明里当会计，暗中则搜集和传送情报。以上这些安排，也为保护群众起了很大作用。

1948年6月，中共九连工委改称"中共九连地委"，同时决定成立广东人民解放军粤赣边支队，林镜秋奉命出任第六团团长兼河东行政委员会主席。8月，林镜秋率部回师河东时，在东水莫塘村意外发现敌保五团设有埋伏。他指挥部队于拂晓前抢占山头上的有利地形，天蒙蒙亮时，敌人露一个头，狙击手就放倒一个。敌人虽组织了"敢死排"，进行了三次冲锋，但在被打死10多人后还是胆怯狼狈逃离。从此，反动军警只能龟缩在据点里苟延残喘。

从1949年春天开始，连续三四个月，林镜秋部署梁锡祥、骆仰文等召开四次边区工作会议，专门研究谈判细节，并派出地下组织成员邓镇邦与车田乡长邓渠青、自卫队长邓鸿恩研究统战谈判，凌春桃、肖日保的武工队及郑新强的主力队则在周边布控，终于促成了车田起义。

对于被捕关押的人员，林镜秋通过统一战线工作，发动当地乡绅及"两面政权"人士出面，为在押人员送水送饭，并通过各方努力保释在押人员。

第六章　解放河源城

解放河东区

1949 年年初，在东江第二支队成立后，共产党发动了强大的春季攻势和夏季攻势。部队进行了主动出击，4 月 13 日重新解放古寨，大获全胜，毗邻的贝墩联防队不战而败，只能仓皇溃逃；4 月 14 日，东江第二支队司令员郑群率主力第三团到达嶂下，与林镜秋第六团会师。

第六团以"围点打援"及"分兵合击"的战法，夜袭彭寨国民党区公所，主力部队则在河明亮伏击和平城增援之敌，大获全胜。4 月 23 日，部队进军川北，郑群与林镜秋分别率第三团、第六团，指挥车田起义，川北要冲车田宣告解放。

敌保五团及黄道仁的县警总队调集 1000 余兵力施救，在黄石被我方伏击，郑群、林镜秋两路部队前后合击，将敌军斩成三截，逐步聚歼。此役歼敌一个营，俘副营长杨行晓及以下官兵 130 余名，毙敌中队长及以下官兵 10 余名，缴获迫击炮、机枪、电台等物资一批。接下来，第六团在林镜秋指挥下，连夜进军，解放了黄石、犁咀。整个河东地区很快全面解放。

林镜秋部队几乎每战必克，所向披靡，究其原因，一方面，在于林镜秋十分注意做好政治思想工作和阶级教育，干部和战士政治觉悟高；另一方面，因为林镜秋能身先士卒，跟部下同甘共苦。对此，他身边的警卫员梁日澄举过一个例子："有一次，从川北连夜急行军到河西的李田，我自己穿破了三双草鞋，作为指挥员的大林同志和战士们一样步行，但他却从未说过半个累字。"

战争年月，情况复杂多变，指挥员必须胆识过人，多谋善断，化险为夷。有一次，林镜秋和黄中强带领的一批政治工作队突然遇到敌情，被迫退到一个山顶上。林镜秋回头看了看自己身后的部队，发现其中大部分是非武装人员，明白仗是无法打的。他当机立断，等到天黑，便率领这支政工队伍下山，从敌人指挥所旁边悄悄摸逃出去，转危为安。

战争中，林镜秋与其率领的队伍不仅建立起了生死与共、亲密无间的关系，战士们还把他们的指挥员看作是胜利的化身。有一次，林镜秋的腿部关节炎发作，严重到不能起立，战斗中的部队仿佛少了主心骨，魏南金命令战士用担架把林镜秋抬到阵前，战士们看到或听说"大林来了"，一下子精神振奋，勇气倍增，一鼓作气，打败了顽敌。

保团曾天节

在国民党反动统治分崩离析的情况下，广东地区的国民党军政要员不得不考虑自己的前途和出路，其中不乏一些识时务、明大义的人物，比如率部起义的保十三团团长曾天节。

1947 年后，在国内各个战场上，解放军已扭转了战争局势。在广东，中共中央香港分局领导下的广东武装斗争力量不断发展壮大。为挽回颓势，蒋介石派宋子文前往广州，接任张发奎的国民政府军事委员会委员长广州行营主任一职，兼广东省政府主席和广东省保安司令，掌管国民党在广东的军政大权。宋子文以黄镇球为助手，任他为行营副主任和保安副司令。

宋子文、黄镇球到广东后，积极加强武装，将原来的广东保安部队重新整编，同时新建 5 个美式装备、甲种编制（每团3200 人）、与正规军一样的保安团，简称保十一、十二、十三、十四、十五团。同时，宋子文、黄镇球又调集在广东整补的国民党正规军共 10 多万人，作为保广东"安全"的军事主力。

国民党新编广东省保安第十三团于 1948 年 1 月在惠州成立。时任广州行营少将高参的曾天节，趁张发奎失去原有官职失意之时，向他表示关切与同情，趁机提出自己想带兵，希望他可以向黄镇球推荐自己。张发奎正是心情低落时，看到老部下这般关心自己，感动之余，便慨然答应了。

于是曾天节出任保十三团团长。此时，他已在国民党部队待了近 20 年。按曾天节自己的说法，是"潜入"敌营近 20 年。这时一旦掌握了兵权，他便想着要连兵带弹药回到自己朝思暮想的"老家"（共产党阵营），再对国民党反戈一击。①

身在曹营心在汉

按照曾天节的自述，他早在 1926 年就在广州参加了共青团组织，同年考入黄埔军校第六期。因反对该校孙文主义学会，1927 年"四一五反革命政变"前夕被迫离开该校，从此改头换面，把原名曾志文改为曾责，进行地下斗争活动，并于此时正式成为中国共产党党员。

随即，组织上派他回五华，曾责又改名为曾勋，跟着古大存，两人一起搞农民武装革命斗争。大革命失败后，桂系军阀黄旭初部在兴梅地区大肆搜剿共产党员，党和革命的外围组织遭到严重破坏。1928 年年初，曾天节患上严重肺病，咯血不止，组织上立即决定送他去兴宁治疗，并兼顾兴宁、五华边区的工作。

在兴宁时，曾天节与组织失去联系，在身份被人察觉之后，他被迫将"曾勋"之名改为"曾天节"，从此再未改名。

1928 年 4 月，曾天节随亲戚钟耀光（第四军在五华潭下战役

---

① 参见曾天节的文章《老隆武装起义回忆》，收录于梅州市政协学习文史委员会和梅州市委党史研究室编《回忆粤东起义》（1999年7月1版1次）。

中被粤桂军阀击败掉队的卫士）北上山东，潜入第四军工作。身在曹营心在汉的曾天节，想在第四军中找到与他一样潜伏的共产党员，但经过长期探寻，只发现个别参加过南昌、广州、五华起义的人员，不得已只能一直潜伏下去。

1938 年 10 月 21 日，广州沦陷。在撤退中，由于兵荒马乱，粤汉铁路、北江航运阻塞不通，曾天节便由德庆经广州投奔粤北连县，途经清远，专程谒见了古大存。据曾天节回忆，那一天"犹如（在）黑夜见到曙光"。

那时，曾天节在国民党军中已取得一定地位，他怕古大存遭遇意外，一路护送古大存由清远取道阳山水口、英德至韶关，沿途积极汇报别后情况，后来还护送他到衡阳前往桂林。不久，古大存又回到南雄、始兴、韶关，抗日战争期间担任中共广东省委常委兼统战部部长。

一路上，曾天节一再要求跟古大存北上工作，但古大存认为，曾天节已在国民党取得上校地位，一旦获得带兵机会，至少可掌握一个团的武装力量，这在将来会有不可小觑的作用，他殷切期盼曾天节继续潜伏下去。曾天节没有办法，只能继续进行潜伏工作。

和曾天节一样，在粤东起义中，以个人身份参加的魏鉴贤也是个多年"卧底"。二人是志趣相投的多年好友，在大革命时期曾是同志，大革命失败后，又一起在国民党第四军中工作多年，彼此都期望有朝一日能掌握武装力量，重返"老家"①。

"卧底"的日子不好过。广东省保安处处长吴廼宪曾经怀疑曾天节是异党分子，经常对他打击排斥，他只得离开广东辗转到柳州。凭借第四军的老关系，张发奎委派他担任第四战区司令长官部少将高参，不久兼任该战区特训班（对内称"越南革命青年政治训练班"）主任，和胡志明一起，开始进行越南革命工作。

在此期间，曾天节与左洪涛、杨应彬、何家槐等接上了头。左洪涛是曾天节在黄埔军校六期的同学，相见时，他在第四战区长官部张发奎处工作，实际上却是该战区中共地下党组织的领导人。

1946年，内战全面爆发，左、杨、何等被迫相继离开广州行营。曾天节前往左洪涛家中话别送行，说："希望您先行一步，我随后就来，请注意联系。"

1947年冬，保安司令部举办训练班，曾天节当队长，刘勉当副队长，二人时常谈论革命形势。曾天节因过去在五华县参加过农民革命运动，便对刘勉说："我过去的历史，不要和别人谈。"

对曾天节的"卧底"行为，古大存一向是了如指掌的。因此，1949年4月，在向古大存询问魏大杰、曾天节历史问题时，他是这么说的："大革命时魏大杰和曾天节在五华工作过，是我党党员。大革命失败后，逃到外地在国民党军队做事，但他们

---

① 语出魏鉴贤的文章《粤东起义回忆》，收录于梅州市政协学习文史委员会和梅州市委党史研究室编《回忆粤东起义》（1999年7月1版1次）。

在为敌军工作期间依然心系我党，未破坏其所知的工作。1938年，我在粤曾与他二人见过，表示一切还好，彼等在邹洪部任团长、大队长，是复兴分子，据说是为饭碗之故。彼等在保安队中联系很广，起义要准备得好，时机选择适当，是可利用的颇大的力量。"[1]

掌握蓝口军

曾天节长期从事军事教育，在人脉上很有优势，正是古大存电报上说的"彼等在保安队中联系很广"。新成立的五个保安团，于1947年10月先后设干部训练班，培训班长以上干部。宋子文兼训练班主任，黄镇球兼副主任，五个团长分别兼任中队长。营、连、排级干部允许由各团长自行物色。

曾天节的旧部和学生众多，不但可以满足自己的保安团所需，还可以填补团干部的不足。训练两个多月之后，他们终于顺利结业，各团宣布成立。曾天节和魏鉴贤联合向上级提出建议，把保十二、十三两个团分驻东江、韩江，表面上说是便于遥相呼应，实际上是另有目的，结果这个建议得到了批准。

1948年1月，保十三团在惠州成立，团长为曾天节，刘勉

---

① 参见广东省档案馆、中共惠州市委党史办公室编《粤赣湘边区革命史料》。

当副团长。走马上任后，他们立即派人至汕头、韶关、惠阳和广西的桂林接收新兵，由 1 月开始，至 6 月完成任务，总共接收新兵 3200 多人。在此期间，曾天节一直在进行新兵教育训练工作。

1948 年 9 月中旬，保十三团由惠州移驻惠东县三多祝，10 月上旬，由三多祝调至河源县蓝口镇。

蓝口镇位于东江东岸，溯江东上的龙川县老隆镇，驻扎着保四师部和保安第五团的 500 人，保五团主力驻东水、彭寨一带，蓝口下游 60 千米的河源城则驻有一九六师。

至于蓝口西北的忠信圩，距蓝口约 50 千米，驻有保安第一团；蓝口西岸的上莞，距蓝口 30 千米，系中共粤赣边第二支队司令部所在地。保十三团到蓝口不久的 1948 年 12 月，河源县人民政府在上莞成立。

手里掌握着一个团的兵力，这令曾天节常常夜不能寐，总想着两件事：一是如何掌握好这支部队和继续巩固扩大这支部队；二是如何尽快得到党的领导，准备起义重新回到"老家"。

"谋喻计划"折

1948 年 10 月中旬，保十三团在惠阳训练完毕，即将开赴东江上游的蓝口，执行"剿共"任务。由于通信不畅，虽与香港分局建立了领导关系，但曾天节团还是不得不与当地游击队发生冲突。直至与边纵取得联系后，因顾虑泄密，仍不可避免彼此间发生冲突，双方互有伤亡。

曾天节没有办法，便下令休整部队，并发出"没有命令不准出击"的训令，如此，冲突才基本得到控制。当保十三团进驻蓝口时，曾天节惊悉保十二团团长魏大杰已经被宋子文撤职，换上了汕头"剿总"喻英奇的死党刘永图。五个原"王牌"保安团团长中仅剩曾天节孤零零一人，其他四人已经被撤换。

1949年1月，余汉谋接任国民党广州绥靖公署主任，薛岳接任广东省政府主席兼保安司令。

不久，曾天节接到汕头"剿总"喻英奇反对薛岳的通电，同时还电报邀他到汕头与张炎元会商。曾天节马上意识到，这个内讧可以利用。曾天节开始思考接下来如何利用这个内讧，使得利益最大化。他和魏鉴贤商量了很久，定下四个计划：一、亲自到香港向中共香港分局汇报并请示起义工作；二、利用蒋帮特务与第四军系统的矛盾，向薛岳献计暗杀喻英奇，取代他的职位，夺取他的武装力量；三、向薛岳建议，争取恢复魏大杰保十二团团长职务，这样有利于扩大起义力量；四、争取吴奇伟加入起义行列，以进一步扩大起义影响。

1949年3月，曾天节经魏鉴贤引荐去见薛岳。曾天节故意大骂喻英奇，薛岳频频点头。于是在薛岳逐渐信任他后，曾天节献上杀喻之计，其中的内容大概是：喻英奇在潮汕跋扈嚣张，夜郎自大，如不剪除，将是主席未来的大祸根；杀喻之计，首先应该把他的武装部队夺取过来，将喻英奇的死党、新任保安第十二团团长刘永图撤掉，派魏大杰返回该团任团长，然后以曾团为主，会同魏团，利用喻英奇检阅部队或其他机会，把喻杀掉。

薛岳看了这个计划，突然主张杀喻计划暂不能实行，魏大杰回任团长的事，也得先与余汉谋商量后才能决定。

曾天节只得揣着这内幕，以游玩的姿态偕爱人何碧芬乘火车赴香港。魏鉴贤则乘船分道赴港，去见了饶彰风，并通过他见到了中共华南分局领导人方方，表达了起义的决心，并初步拟定了起义宣言，即 1949 年 5 月 14 日在粤东发布的《我们的宣言》。

三次谈判

曾天节在 1948 年冬先后与中共香港分局取得联系，表达脱离国民党反动营垒，投向人民怀抱的意向。为了争取曾天节早日向人民靠拢，香港分局多次发出指示，要求各地党组织和武装部队在迅速集中优势兵力歼灭敌人有生力量的同时，还要重视政治攻势，开展瓦解敌军的工作。中共九连地委通过钟俊贤、钟雄亚以同乡身份带信给曾天节，劝其起义。曾天节复信表示愿意谈判。

鉴于保十三团在多次对我方的进攻中表现凶悍，粤赣湘边区党委及边纵领导对谈判一事十分重视，对谈判代表的人选及谈判策略进行了慎之又慎的研究。军事斗争中不乏尔虞我诈、诡谲莫测的潜伏危机，派出的代表必须有出生入死、敢于牺牲自我以保全大义的决心。另一方面，派出的代表不仅要考虑与对方代表身份的对等关系，更要熟悉政治、军事大势，能随机应变、巧于应对。经反复比较，决定派时任第六团团长兼政委的林镜秋为主要谈判代表。

边纵领导严尚民亲自与林镜秋谈话，面授机宜。第一次谈判时因为双方都不了解对方的底细，气氛很紧张。林镜秋与另一代表钟雄亚从部队驻地骆湖出发，带了警卫员陈廉、黄仔。陈、黄两人各怀两颗手榴弹，以便有变时拉响同归于尽。另有 10 多个警卫战士跟随林镜秋，在谈判地点附近对周围作监视。江防大队一个便衣短枪排预先在谈判村的周围埋伏应急。第七团捷克中队指导员陈刚则率百余人在谈判点来往道路上布防。

谈判从上午 11 时开始，至下午 5 时结束，由于林镜秋拥有过人胆略，且深谙全局形势，在他的努力下，双方一共成功签订了三项协定，并决定由东江第二支队派出一名联络员，以曾天节秘书的名义到保十三团团部。这一天是 1949 年正月初三。

第二次谈判时间是在 1949 年的 3 月初，随着双方信任加深，东江第二支队政治部主任黄中强也参加了谈判，联络员刘坚随保十三团副团长刘勉到保十三团团部工作。第三次谈判在 5 月 7 日夜间。此时，国民党广东当局对曾天节拟起义一事有所察觉，命令调查该团，若属实则伺机擒拿，情况十分危急。边纵领导及东江第二支队领导都参加了谈判，曾天节也亲自来了，商定了起义日期。

5月11日，林镜秋以边纵党代表身份与信息联络员梁钧抵达蓝口保十三团团部，指导和协助起义工作。处理好蓝口、叶潭、黄村、康禾一带的事务之后，林镜秋与曾天节到了当时的龙川县县城，以迅雷不及掩耳之势生擒国民党龙川县县长黄学森。然后林镜秋又与曾天节一起，以运粮的名义率十三团沿江直上进驻老隆。

在边纵参谋长严尚民的领导下，林镜秋、曾天节及东江第二支队的几位领导人一起举行了解放老隆的阵前会议，在会议中商定了围点打援的方案。

5月14日上午，曾天节与其他几位起义将领一起向全国发通电宣布起义，同时按指挥部命令，对拒绝最后通牒的老隆守敌保四师彭健龙部发起了猛攻。

林镜秋与曾天节一起，在水背指挥炮火向彭健龙的据点寨顶开炮。彭健龙曾急电河源及和平各路国民党军支援，最终受到东江第二支队第三团阻击，彭健龙本人亦负伤，只好竖起白旗宣布投降。此役俘获国民党军副师长彭健龙及以下官兵一共500余人，缴获弹药大批。

先解放连平

内莞镇，隶属于广东省河源市连平县，位于连平县东北部，东邻和平县，南靠油溪镇、高莞镇，西连元善镇，北接上坪镇。1913年，内莞建乡。新中国成立前，内莞是连平、和平主要的革命基地，广东人民抗日游击队东江纵队第三支队的指挥机关、中共九连山区临时工作委员会、九连游击区玛丽医院、粤赣边支队电台、粤赣报社都设在内莞。

1948年2月，因国民党对九连地区进行第三次"扫荡"，内莞18岁的进步青年周观善经周细苟介绍加入九连山游击队的民兵队伍，以"挑脚担""挖卖野菜"做掩护，成了九连山地下游击队员，往返于九连山、绣缎等地侦察敌情和发展地下组织成员。

在恢复武装初期，连平还没有形成稳定的根据地，仍处于打游击战的状态。郑群、钟俊贤发现周观善对党忠诚、能严守机密、不怕危险，商量后经组织决定，将他发展为党组织的单线情报员，主要为林镜秋、郑群、王彪、钟俊贤等领导传送情报。根据组织的安排，周观善被派往三角、绣缎、上坪和九连山一带从事地下革命活动，以"挑脚担"、做短工为掩护，收集情报向郑群、林镜秋等直线汇报。

1948年夏，郑群通过群众以及情报员周观善了解到，驻守大湖的国民党广东省保安第一团冯志强连是主力加强连，编额

160人，配有6挺机枪和一批日式武器、自动武器。该连士兵大部分是从正规军整编过来的。冯连进驻大湖后，胡作非为，无恶不作，大肆捕杀共产党员、游击队员和革命群众，对九连地区人民武装力量威胁极大。为此，粤赣边支队决定给冯连以歼灭性打击。11月15日，在大湖狮子脑战斗中，粤赣边支队全歼广东省保安第一团第三营第十连（即冯志强连），缴获机枪3挺、掷弹筒2支、步枪40多支、短枪1支、手榴弹2000多发、军毡40多张。

狮子脑大捷，开创了粤赣边支队自成立以来在九连地区几乎全歼敌军的先例，给敌人以沉重打击，和平青州、热水驻敌闻风丧胆，不战自退，龟缩回和平县城固守。

1949年4月14日，东二支三团解放了内莞乡。1949年6月2日，连平县人民政府在忠信长安旅店成立。6月25日，县人民政府迁至元善镇。解放初期，周观善任内莞塘陂乡乡长，之后在连平县九连山林场任党支部副书记至退休，晚年随子女在深圳罗湖安家养老。

解放和平城

1949年5月，林镜秋以东江第二支队参谋长兼六团团长身份，奉命率第六团及保十三团一个营，星夜兼程进军东水，对列应佳余部实施包围、强攻，迫使列应佳残部投降接受改编。列应佳这个曾率数千官兵"扫荡"和平、龙川，叫嚣要活捉林镜秋的狂徒，终于在林镜秋面前束手就擒。林部丝毫没有停歇，马不停蹄继续北上，经历一番战斗，终于解放了和平县城，林镜秋被委派兼任和平县委书记、县长。随后中共九连地委做了调整，林镜秋出任中共九连地委常委。

8月，林镜秋被指派为东江第二支队先头部队代表，率领凌春桃、梁日澄、林冠强、林沛、陈仔等10余人步行几天至江西龙南，与南下大军先头部队代表会师，落实协同作战计划。完成任务之后，几人分别时，南下大军为了表达对地方部队的深情厚谊，送给林镜秋一匹战马以及卡宾枪和手枪各一支。

再解放紫金

1914年，永安县改称紫金县，属潮循道。在永安县时期，张金先家族就住在狮该下。狮该下地处今紫金县、五华县、东源县（原河源县）三县交会处，东西方向，以河为界，东邻白坟窝，西接上水底；南北方向，以天花水为界，南连中心坑，北接紫金县第二高峰燕子岩。燕子岩海拔1167米，是东江和韩江的分水岭。

狮该下自然村1929年起属紫金县良庄乡（今中坝镇）管辖，

1941 年起属富良乡（今中坝镇）管辖，1952 年土地改革时期起属紫金县第二区上石乡（镇）塘子角村（今中坝镇）管辖，1958年 10 月起属中坝公社上石大队塘子角生产队（今中坝镇）管辖，1987 年至今属中坝镇上石村管辖。

狮该下是一个袋形的小盆地，由厂肚下、赤矿窝和狮子石三座首尾相接的大山组成，两面高山如屏，四周树林稠密，每座大山的最高处都是石壁，既是很好的情报瞭望台，又非常便于部队隐蔽，很适合作为伏击点，自古以来都是兵家的必争之地。中坝人民为保卫狮该下做出了很大的牺牲，革命遗址中埋藏的红色斗争历史令人心生敬佩，有待后人潜心挖掘，代代相传。

紫金"四二六"武装起义后，1928 年 3 月，国民党桂系军阀开始对海（丰）陆（丰）惠（阳）紫（金）苏区进行大规模"围剿"。为了保存革命火种，1929 年 11 月，在东江地区土地革命复兴的过程中，海陆惠紫特委为减少海陆惠紫革命根据地的军事压力，发展、扩大惠紫河博（罗）革命根据地区域，决定在紫河边区开辟新苏区。于是，中共紫河特区委员会、共青团紫河特区委员会和紫河游击队同时建立。

紫河特区位于紫金县北部（今紫金县、五华县、东源县三县交会处的猴子地、狮该下、白坟窝）和河源县（今河源市源城区和东源县）南部山区。

1932 年冬至 1933 年年初，由于国民党军队的围剿与封锁，在东江活动的红军及东江特委、东江军委领导机关的供给无法解决，人员不断减少。红十一军军长古大存和东江军委主席朱炎、独立师师长彭桂、政委田大章率领红军4个主力连和2个警卫排，共500余人，准备北上江西，与中央红军会师。

古大存、朱炎、彭桂等率队在紫金乌禽嶂连战皆捷，使国民党紫金县县长何晏清坐立不安，反复向其上司求救。国民党当局电令第三军军长李扬敬派重兵"围剿"乌禽嶂，妄图一举消灭红军。李扬敬即派第五师师长张达率十三、十四、十五三个团包围乌禽嶂。张达还通知海、陆、惠、紫、五（华）五县"剿共"委员会主任钟汉平纠集48个乡的地主武装1000余人进入乌禽嶂。为混淆视听，张达还派出特务化装成打猎队，进山刺探军情，"围剿"红十一军。

1933年3月27日，古大存、朱炎、彭桂等率队转移到黄塘、埔美、二板桥一带驻扎，并与紫河特区蓝黄区委书记钟子怀接了头，得知马毅营和罗克上残部准备进埔美剿古大存。朱炎、彭桂等查看了周围地形，在进行分析之后认为不利于红军作战，因此，还未吃早饭的队伍拔寨集中，向黄塘曹坑转移。马毅率国民党军尾随红军至曹坑，并连续5次发起冲锋，但均被击退。

虽然此次战役大量杀伤国民党军，但红军也伤亡惨重，其中12名女战士战斗到弹尽粮绝，全部壮烈牺牲。在这次战斗中，古大存身受重伤，幸得当地群众相救，把他藏在曹坑背的石洞里，3个月后由猴子地地下交通情报站的张瑞祥将其转移到狮该下张金先家一带继续养伤，并由张瑞祥、张金先、张育康等人协助离开紫金。

1938年，日军占领汕头，海陆丰的水产、食盐靠肩挑，在安流、横陂、棉洋一带经商的朱七妹结识了郑群等人，加入了中共地下党组织，并经张华基介绍嫁给了狮该下的张金先。

此时，紫金党组织为响应党中央关于实行全民抗战的伟大号召，发动全县人民，加紧组建抗日武装，先后在古竹、蓝塘、上义、中心坝（今中坝镇）等地，创建了不同形式的抗日武装队伍。县委书记黎孟持把原国民党的自卫队队长黎春浓争取了过来，让他成立紫金人民抗日自卫大队，接受中国共产党领导，成为东江特委、紫金县委抗日地方武装力量。

1945年2月，中共后东特委副特派员钟俊贤、宣传干事黄中强带领20多人的武工队到紫金中心坝活动。他们在紫金、五华等地集中了80多名武装人员，于中心坝黄泥塘举办了一期军事骨干训练班，学习政治理论和部队管理方法。

训练班结束后，成立了紫五人民抗日自卫大队，指挥部设在狮该下张金先家，张华基任政委兼大队长，温敬尧、邹世良任副大队长，魏拔群任参谋长。下设2个中队，吴肇锦任第一中队指导员兼中队长，钟寰任第二中队指导员，钟衍任中队长。

当时，紫五人民抗日自卫大队主要活动在紫金中心坝、白溪、敬梓和五华长布、华阳等地，不断扩大后东地区抗日根据地区域。

与此同时，中共后东特委在河源黄村召开干部会议后，中共

后东特委特派员梁威林、武装干事郑群到古竹活动。他们通过原
第六大队常备大队长、地下组织成员陈果以及中共粤北省委统战
干事黎孟持，筹集了2支手枪、10多支步枪，挑选了原第六大队
的武装骨干分子和地下组织成员共10多人，成立了抗日武工队。
后来，抗日武工队扩编为70多人的紫河人民抗日自卫大队，陈
果任大队长。

　　6月，为集中力量打击日军，中共后东特委特派员梁威林写
信通知黄中强到古竹黎坑开会，研究抗日武装力量合并、整编和
扩大等问题。会后，紫河人民抗日自卫大队和紫五人民抗日自卫
大队合编，成立东江人民抗日武装自卫总队，代号为飞龙队，共
100多人，梁威林任政委，郑群任总队长，黄中强负责总队的政
治工作。

　　部队合编后，指挥部设在狮该下张金先家，同时，在白坟
窝、雷公坪、下中心坑、上中心坑、上水底、牛头坳、猴子地设
立了地下交通情报站。指挥部的情报员们政治信仰坚定，对党忠
诚，自律性强，严守机密，胆大心细，机警灵活，不怕危险，千
方百计地完成党交给的任务，张南、张心传、张育康、张汉清、
张瑞祥、张坤、张六、张三、张文华、张继华、张建发等人协助
地下党成功躲过多次敌人的搜捕并将情报送到了黄村和中坝，在
古竹、紫河边、紫五边、紫博边等地区开展抗日锄奸、截击进犯
日军、打击国民党顽军等活动，进一步巩固了敌后抗日根据地。

　　1947年2月，紫金县党组织根据广东区委的指示，在当地

重建武装，开展对敌斗争；7月，成立中共紫五龙河中心县委和紫五龙河区行政委员会。1948年3月，成立惠紫县委和惠紫区行政委员会；5月，成立中共紫金县临时工委，卓杨任书记，刘兴（魏灵基）任组织部部长，黎孟持任宣传部部长。

1948年3月上旬，中国人民解放军江南支队在惠阳安墩鹧子岭成立，蓝造任司令员，王鲁明任政委，刘宣任政治部主任。

3月20日，温敬尧、程佩舟率队驻扎在中坝旧塘。紫金县县长彭锐派保警大队、自卫总队3个中队进剿中坝。乌石交通情报站从县城情报员那里获得了情报，立即转送中坝交通情报站。温敬尧、程佩舟获悉后，率队迅速转移至狮该下一带。

同时，狮该下根据地被人出卖并遭到国民党重兵围剿。狮该下张金先、白坟窝张育康掩护部队撤离后，被国民党围捕。敌人严刑拷打，张金先、张育康始终保守党的机密。中心坑地下情报员温招龙发现敌情后，以张金先看病为暗语，迅速将信息传达给地下游击队，并成功地营救出了张金先和张育康。

6月，中国人民解放军粤赣边支队成立，钟俊贤任司令员，魏南金任政委，黄中强任政治部主任，曾志云任参谋长，下辖三、四、六、七团和一、二、三、五独立大队。其中以王彪为团长、张惠民为副团长、张华基为政委、张日和为政治部主任的第四团活动在紫金地区。

6月下旬，张华基、张日和、温敬尧、程佩舟、张添贵等率队驻扎在中坝九子塘，彭锐又派兵进剿，叶海松从县城得知情报，由范自强转送。至书田时，范自强发现有人跟踪，随即转入江火先处，再由江火先及时转给温盛章，由温盛章将情报送到部队。得知情况后，部队立即摆好阵势，与国民党军激战数小时，击溃了彭锐进剿之军。

11月间，温敬尧率领紫五大队驻扎在七星嶂一带，彭锐派保警大队和别动队数百人围剿。叶海松从县城获得情报后，交由牛头坳情报员张汉清将情报转送给张金先，再由后者转送给部队。紫五大队温敬尧、张添贵采取驱敌于驻地外的做法，诱敌到狮该下。国民党军尚未进入七星嶂，在狮该下赤矿窝、狮子石铁扇关门、白坟窝张育康屋门前就被紫五大队猛烈的火力击退。

1949年1月，中国人民解放军粤赣湘边纵队成立。

1949年春，在革命形势迅速发展的情况下，中共香港分局进一步要求粤赣湘边纵队必须加强政权工作，指出：要大力发展人民武装，扩大农村根据地，造成农村包围城市的态势，为接管城市准备条件。遵照上级的指示，紫金地方党组织和革命武装配合粤赣湘边纵队东江第一支队进行了武装斗争，不断摧毁国民党乡、村政权，建立起自己的政权。

3月，紫五大队解放中坝和敬梓。

5月18日凌晨3时，边纵何清率部进入紫金县城东面的象形山至九田及北面状元峰一带，阮海天率部进入西公路秋江河沿岸安良圩教堂一带，独立营进入县城南面沙子坝及黄牛挨磨一带，司令部的警卫连进入紫金山带角坑一带。边纵以大军围城，切断了紫金城对外的联系。

19日中午，边纵采取分进合击、反复穿插的战术，向国民党守军各据点发起全面总攻，国民党守军处于劣势。

20日拂晓，边纵两个营从县城东北角向国民党阵地发起攻击，有一个排冲进了紫金师范学校，另两个排也向城中国民党守军防线冲去。独二营则向紫金城的西南方面追击，追近南门，占领南门桥。独一营集中重机枪等火力，攻打紫金城主炮楼，但战果不彰。其他各点的进攻也没收到好的效果。文工团的战士们向国民党守军喊话，要他们放下武器投降，他们却以枪声来回应。早上，彭锐带着他的贴身秘书周新，在一间房子的窗口探头察看形势，被边纵神枪手一枪击中头部。战斗呈胶着状态。

左洪涛与军官们商量，认为国民党守军主要凭借的是碉堡的优势火力。"把碉堡炸了！"左洪涛发出命令。

"张华基！"

"到！"东二支四团政委张华基响亮地应道。

"你要千方百计弄来炸药！"

"是！"

张华基费尽周折弄来了20多斤炸药，仅够炸一个碉堡。

20日傍晚，天刚黑下来，"嗒嗒嗒……"一阵机枪声响起。在机枪的掩护下，边纵战士将炸药塞到碉堡脚下，并拉动引信，然后飞快地返回队伍。

"轰隆……"两层楼高的碉楼被炸开了一半。

边纵战士急忙乘机冲上去，却找不到尸体和伤者，也找不到武器。原来，守军见边纵以机枪火力压住碉堡枪眼时，判断碉堡要挨炸，就赶忙逃走了，直逃到城门和城门前的一条短小的街道上。

虽然彭锐扬言要与紫金城共存亡，不许主和派投降，但军心已不稳，有士兵弃枪逃跑，有军官持白旗投降。保安二营三连的士兵枪杀了拒绝和谈的代连长许本华。彭锐一心盼望的援军也未能到来，又接到"援兵被阻"的复电。内外交困之下，彭锐也心灰意冷了。

1949 年 5 月 22 日，国民党紫金县县长彭锐率部向中国人民解放军粤赣湘边纵队缴械投诚。27 日，彭锐逃到广州拜见他的上司薛岳，表示要洗失城之耻，重整旗鼓，夺回失去的紫金县城。

6 月 26 日，薛岳以广东省国民党最高长官的身份，命令一九六师师长等人在一个星期内把紫金县城争夺回来，并任命国民党紫金县党部书记黄尚达为代理县长。6 月 28 日，黄尚达领命带领一九六师由惠阳进犯紫金。

考虑到敌我力量悬殊，7 月 11 日，为保存革命力量，中共紫金县委、紫金县人民政府和直属单位工作人员以及地方人民武装主动撤出紫金县城，转移到中坝良庄荷树下谦德楼驻扎。

7 月 28 日凌晨 5 点，全副美式装备的国民党一九六师勾结中坝地头蛇张角耀，分三路进剿中坝。一路由贺正带路，从樟村、径口向驻扎在贺光河坑尾小学的紫五大队扫荡而来；另一路由张角耀带路，从猴子地的松子树下沿河而上包抄良庄；第三路从中坝塔四背正面袭击良庄。情报员李金伦在紫金、五华、河源交会处的狮该下厂肚下石壁最高处情报站发现了进犯的国民党部队，并快速传达了敌情。

上午 9 点 30 分，一九六师占领发昌背后的社官寨顶至字纸姑地、黄泥寨高地，同时用机枪、六〇炮、八二炮向良庄荷树下谦德楼后面的洋寨岗背河坑仔前后左右密集扫射，紫金警卫连连长张志雄立即组织以轻机枪还击。

10 点 30 分，政工队在羌鸯遇见前来增援的粤赣湘边纵队第四支队。了解情况后，政委郑群、司令员曾天节当即召开各团、营紧急会议，制订作战计划，部署作战任务，命令各团、营以最快速度赶至中坝良庄榕树下摆好战斗阵势。

上午 11 点整，国民党一九六师两个美式装备营共 300 余人，从良庄荷树下谦德楼屋背山顶向警卫连守地冲锋，妄图消灭警卫部队。警卫连边打边退，诱敌进入杨屋背河坑仔。当敌人进入杨屋背河坑仔时，埋伏在榕树下屋背一带山地的边纵第四支队当即用机枪密集扫射。其中一团和二团从两侧包抄，三团从正面压制，再从一九六师尾部夹攻，使敌军腹背受敌，动弹不得。

下午 2 点，司令员曾天节下令向一九六师发起总攻。支队指战员以及县警卫连、中坝民兵猛打猛攻，打得一九六师丢盔弃甲，狼狈逃命。至晚上 7 点 30 分，一九六师残敌全部退出中坝地区，逃回紫金县城。此战毙敌 9 人，伤敌 12 人，缴获机枪 1 挺、冲锋枪 2 支、步枪1支、子弹500余发，以及一大批军用品。

此战给一九六师很大打击。8月4日深夜，一九六师撤出紫金县城，逃往河源方向。5日清晨5点30分，边纵四支队及紫金地方人民武装进驻紫金县城。8月6日，紫金县城宣告第二次解放，潘祖岳接任中共紫金县委书记并兼任县长。

但这事还没完。一九六师一路退到黄塘后，企图以黄塘为据点，伺机再扑紫金县城。

郑群、曾天节岂容此事发生。8月7日，为彻底歼灭一九六师残部，司令员曾天节指挥边纵第四支队和程佩舟团再次追击一九六师。经过三天三夜的艰苦战斗，一九六师全线溃退，犹如丧家之犬，向河源狼狈逃窜。此战毙敌22人，伤敌1人，俘敌1人，缴获轻机枪1挺、冲锋枪8支、卡宾枪12支。

边纵四支队在此次战斗中牺牲了狮该下的坚强"堡垒人"——紫金县大队排长张坤。张坤1912年3月出生，紫金县中坝镇上石村人，1946年3月在狮该下参加游击队，1949年8月7日在紫金龙窝战斗中受重伤，由张六、张三、张文华等人背回中坝上石村后牺牲。

两广纵队入粤后，参加广东战役，经和平、河源，沿东江挺进珠江三角洲，解放惠州、博罗、东莞、宝安、番禺、顺德等县城，解放广州。参加广州入城仪式后，又参加解放海南岛战斗，为新中国的建立立下了汗马功劳。

第七章 结 尾

东纵苑故事

英雄的故事不会湮没，红色的血脉代代延续。

2020 年，一位白发苍苍的百岁老者带着家属来到了水西一座新建的庭院旁边。老人就是当年活跃在水西的东纵战士之一李楚同志。他吃力地站在庭院门口，激动地打量起这座名叫"东纵苑"的建筑。

东纵苑，是和平县革命后人为纪念东江纵队历史而建立的一处古朴特色庭院。老人向四周看了看，发现庭院地处"红色祠堂"——尤氏祠堂一侧，他仿佛又看见当年和东江游击队领导人林镜秋、林若（1982 年 12 月后任广东省委书记）、郑群等在尤氏祠堂召开军事会议的忙碌情景，仿佛又看到尤氏族人轮流负责站岗放哨的场景。当年的尤氏祠堂成了广东人民支援东纵、支援革命的鲜明缩影。

东纵苑建筑面积 400 多平方米，设计兼容客家围屋和徽派建筑双重特色。建筑分上下两层，一层为入室花园及会客议事厅，以议事、休闲为主；二层为展厅，里面收藏有反映和平县的东纵战士及后人参与抗日战争和改革开放建设的若干重要文物，还有东纵老战士林镜秋的书画作品。

老人走进尤氏祠堂拜谒。就在他环顾四周时，脑海中再次浮现出烈士尤水清、尤妹等人刚毅的面容、挺拔的身影，他拿起毛笔，用颤巍巍的手为尤氏祠堂挥毫题词："和平红色祠堂"。

现代人也许很难想象，在革命前途尚不明朗，面临巨大困难的艰苦卓绝的时代，革命先辈是以何等的信念、何等的勇气毅然决然支援革命到底的。不久前一段关于赞誉英烈的话，让无数人感动：

"原来那些人说着我们一定会获得最终胜利时，并不真正地知道，他们真的能成功。原来他们前赴后继地牺牲的时候，也并不真正地确定，他们的牺牲能换来他们想要的结果。原来我们一直知道他们伟大，却依然低估了他们的伟大。"

如今想来，这段话放在东纵革命先辈的身上也恰如其分，他们的事迹也许并不是那么气吞山河、惊心动魄，却同样铿锵有力，令人敬仰。先烈魂功勋铸史，英雄山松柏常青，尤氏先辈用他们忠于革命的梦想和追求、情怀和担当、牺牲和奉献成就了"爱国敬家，合作创新"的"红祠精神"，而这值得每一位尤氏后人学习的精神，也成为尤氏每一代人一以贯之、始终奉守的精神圭臬。

九连山是英雄山，是革命的大熔炉，是锻炼人才的大熔炉，许多战士在这里成长为军事骨干或营团级指挥员，许多普通群众成为共产党员、成长为领导干部。

九连山是英雄山，九连地区的武装部队战功累累，解放了广大地区。九连地区是广东最早解放的地区，它的革命斗争及其胜利，为广东乃至华南地区的解放作出了自己应有的贡献。

信仰，如同九连山的绿色一样延绵，无穷无尽。仁人志士的高风亮节，一代又一代永流传。我们缅怀先贤，看到春风吹绿山野时，那鲜红的国旗迎风飘扬。这里是东纵人为国纵横、为国捐躯、为国流血的起始之地，这里是东纵人建设社会主义中国、满怀激情讴歌和平的地方。

红色东江，为了和平。是的，和平来之不易，和平如此珍贵。和平英烈为和平，和平后人享和平，血脉相连，一脉相承。21世纪，国际风云激荡，值此时刻，更觉和平之可贵。先辈为和平流血奋斗终身，打出了和平；作为和平后人，捍卫和平，责无旁贷。和平"红色祠堂"，凝聚着几代人的自强精神，是后辈对英雄们的致敬，也是守护和平的誓言。

和平万岁！这是中国人几千年来的追求，也是世界人民的最终的愿望。

主要参考书目：

1. 中共和平县委党史研究室编、曹志锐主编，《林镜秋纪念文集》（内部资料），2007年9月1版1次。

2. 中共和平县委党史研究室编、魏邕宏主编，《和东风云》（内部资料），2008 年 11 月 1 版 1 次。

3.中共和平县委党史研究室编，《和平英烈（一）》，2000 年
6 月 1 版 1 次。

4.蔡伟强编著，《抗日战争中的东江纵队》，广东人民出版社，
2015 年 8 月 1 版 1 次。

5.唐瑜、李明宗、萧承罡主编，《郑群戎马岁月忆述集》，广
东人民出版社，2008 年 8 月 1 版 1 次。

东江侨：浴血下龙湾

卓明勇

引　子

　　英雄山贞柏常青，先烈魂功勋留史。为致敬中国共产党成立一百周年，本小说以共产党员梁金生烈士的传奇一生为蓝本，通过刻画这位越南华侨传奇的一生，歌颂了大革命时期以共产党员梁金生为代表的中华民族优秀儿女，在争取民族独立和解放、反对封建和压迫、普及中医文化、振兴教育、弘扬中华民族优良传统以及发扬国际主义精神等方面所做出的不朽功勋。

　　下龙湾是越南北部的海湾，山海秀丽，景色酷似桂林山水，为旅游胜地，1994 年被联合国教科文组织作为自然遗产列入《世界遗产名录》。小说题目中以其代指越南。

第一章　越南华侨　深圳子弟

少小习武

1906 年，在越南东川南圻一个普通的华侨家庭，一个男孩出生了，取名梁金生。东川客家人中医中药事业高度发达，源远流长。从 100 多年前开始，东川就生活着一批以惠东宝"滨海客家"为主体的客家人，他们全都从事中医药行业，几乎形成垄断。从广东会馆的碑文中可以看到，清光绪二十三年（1897 年）就有仁和堂、锦生堂、普安堂、新和堂、广德堂、延寿堂等 13 个中医药店堂；从 1961 年东川崇正义祠的碑文可以确认，东川客家人的中西医药店堂多达 29 家。梁金生生于斯长于斯，自小耳濡目染。

天有不测风云，人有旦夕祸福。梁金生 5 岁时，突然听到家里传来母亲的阵阵哀号，原来父亲病故了。在当时落后的生产力背景下，父亲的离世，意味着全家的顶梁柱和依靠没有了。两年后，母亲经过重重考虑，认为小梁金生是中国人的孩子，血管里流淌的是中华民族的血液，应该回到中国去，于是，她带着 7 岁的小梁金生回到了他们的老家广东宝安县草埔村。

他们在以前的老屋住了下来，小梁金生被送到了村里的私塾去上学。客家人历来崇尚读书，视上学求知为人生头等大事。科举取士时代，家家都全力以赴，宁愿挑担、卖菜、做苦工，也要供子弟读书，希望子弟能认真攻读，考取功名，出人头地，光宗耀祖。小孩子七八岁时，就要送到学馆去"破学"，意思是打破原生蒙昧状态，开始求知求学。"破学"时，首先要拜孔子，再拜老师，接受"忠孝""尊孔""尊师"的洗礼，从此踏上"两耳不闻窗外事，一心只读圣贤书"的科举之路。

梁金生天生聪慧，在读私塾的日子里，已经展现出常人不具备的应变能力和逻辑思辨能力。

梁氏一门一直有习武的传统，传统武术"四门叉"就是梁氏的看家本领。除了到私塾上学，梁金生也在家族的梁氏武馆里学习武术，强身健体的同时，更是养成了一副侠义心肠，为他以后的革命生涯打下了良好的基础。

一日，梁金生带着妹妹梁桂芬去东门老街赴圩，回来的路上，看到路边有一群人围着一个外乡人。他们走过去一看，原来是当地的少年痞子何坚在欺负一位赶圩回来的外乡人，强迫他把在老街买的猪肉"贡献"出来，外乡人就是不愿意。于是何坚这个小流氓，就带着一群小地痞，对外乡人一顿拳打脚踢。

"住手！"梁金生路见不平一声大吼，"你们凭什么欺负外乡人？"

"哟哟哟，梁金生，你这是在打抱不平吗？"何坚用手指着梁金生。

练家子梁金生哪里容得他欺负，将何坚的手一抓，只听咔嚓一声，手指骨脱臼了。

这下把一群小流氓吓傻了，不知道怎么处理好，只能看着老大何坚乖乖地跪在地上求饶："好汉饶命，我下次再也不敢欺负外乡人了。"

"咔嚓！"说话间，梁金生又一招接骨法，将何坚脱臼的关节复位了。"滚蛋！"梁金生怒目圆睁，用手指着大路的前方。

何坚和小流氓们哪里经历过这拆骨接骨的神奇手法，吓得连连跪地求饶，连滚带爬逃离了梁金生的视线。

这件事给妹妹梁桂芬留下了深刻的印象，多年以后回忆起来，总是对哥哥的侠义心肠敬佩不已。

私塾先生

一日，梁金生到私塾去玩，正逢先生在喝酒，于是问他："先生，你还有酒吗？"先生一听，没好气地说："咳，你年纪轻轻的，想吃酒！先食洗锅水就好食！"梁金生一听，心头一怔，很快计上心来，也不答话，转身偷偷地将一个大饼放在先生的灶头角上。那先生回厨下洗碗，一看灶头角上有个大饼，口水就流出来了，拿起一看，圆圆端端的，拗开一闻，香香甜甜的，馋性一来，不管三七二十一，三下五除二就吞下肚里去了。谁知，这正中了梁金生之计。待他将大饼吞下肚，梁金生忽然紧张地跑回来，在灶头四周乱找，不见有什么东西，便忙问道："先生，你入厨房时，有没有看见灶头角上的大饼？"先生道："哪有什么大饼？"梁金生装着惊慌地自言自语道："坏事了！坏事了！一个大饼不要紧，若是被人误吃了，老命就收了！"先生一听他这么说，顿感不妙，忙问道："梁金生你说什么？"梁金生道："哎，我那大饼是用来毒老鼠的，里面放有香甜味的老鼠药！"先生一听，惊得满脸变色，忙问道："那若被人误吃了怎么才好呢？"梁金生道："那就死命一条！"贪嘴的先生真是吓昏了，又急问道："难道就没办法救了吗？"梁金生道："救倒是有救，只是那药难吞哪！"先生问道："要用什么药？"梁金生道："要是老鼠吃了这毒药，吃些洗锅水就可救活。人呢，我想也可以吧。"说完就匆匆离开厨房，躲在一角暗观动静。

那先生听过梁金生的话，虽不知是真是假，可一想到毒饼，就觉得肚子似乎隐隐作痛，惊得冷汗也沁出来了。为了活命，管他呢，洗锅水嘛，方便，他拿起水勺就往污水缸里舀起半勺，一仰脖子咕咕地灌下肚去。那洗锅水又馊又酸，刚一下肚，他就"呵呵"地呕出来。梁金生却在一旁暗暗偷笑。那先生一个晚上没睡好觉，认真想起来，才明白又是梁金生的恶作剧。但仔细反思一下，也觉得每次都是由于自己贪嘴惹祸，作为一个老师，也确实不该如此。从此以后，那先生才真正痛改前非，认真教书育人，逐渐受到人们的尊敬。

清民时节

有一次，梁金生与李何一班朋友饮宴，讲定要行酒令。这酒令规定，句中要有一个物件、一个古人名、一句官话、一句千家诗，违令者要罚酒三盅。讲好后，便依次行令。

第一个人说："我有一张床，送给张子房。张子房不要，为什么不要？春色恼人眠不得。"

第二个人说："我有一把伞，送给曹子建。曹子建不要，为什么不要？翦翦轻风阵阵寒。"

第三个人说："我有一双屐，送给王安石。王安石不要，为什么不要？应嫌屐齿印苍苔。"

第四个轮到梁金生，他不假思索便说："我有一双靴，送给李何……"

在座者一听都说："不对，李何是现在的人，我们规定的是要古人名。"

梁金生笑道："李何是清朝人，现在是民国了，为什么不对？"大家无话可说，梁金生便接着说道："李何不要，为什么不要？清民（明）时节雨纷纷！"

青年救国会

时光流逝，日月如梭，不知不觉小梁金生就在草埔的农村度过了几年。这天，小梁金生像往常一样回家，母亲对他说："阿生古，族里有位长辈叔叔在香港做药材生意，听说生意还不错。前天他回来了，要带你去香港读书，因为你阿爸以前对他帮助很大。你过几天就去香港读书吧，这样可以学到更多的知识，将来也更加有出息。"就这样，小梁金生到香港就读正规的西式学校，并在 1919 年考入南京暨南学校。

暨南学校，也叫暨南学堂，1906 年创办于南京薛家巷妙相庵，是今暨南大学的前身，是中国第一所由政府创办的华侨学校，也是中国华侨教育的摇篮。

暨南学堂校址在南京城中央，鼓楼之南，唱经楼之北，西北紧邻金陵大学，闹中取静，颇适宜进德修身。旧式校舍部分改建，景致清幽，是得天独厚之"华侨学府"。

1840 年第一次鸦片战争爆发以后，中国逐步沦为半殖民地半封建社会。在内外交困的形势下，清政府不得不因应时势，废科举，兴学堂，开海禁，改变侨务政策。1918 年 3 月 1 日，暨南学校补习科正式开课，学校正式更名为"国立暨南学校"。1918 年 5 月，学校经研究后决定变通章程，并呈报北洋政府教育部："凡国内高等小学毕业，其父兄或保护人现在南洋经营商业者，又师范科华侨学生有缺额，而国内学生有赴南洋为教师之志愿，且具有相当资格者，均得适用入学手续，准予入学试验。"1923 年，为了适应学生的增多并创建大学部，暨南学校从南京迁到上海真如。1927 年，南京国民政府成立，上海真如的国立暨南学校改组为"国立暨南大学"。

就在梁金生考入南京暨南学校的这一年，伟大的五四运动爆发了。

秋日的一天，落叶铺满了校道，梁金生像往常一样走在去食堂的路上。靠近食堂门口时，他发现那里密密麻麻围了一群人，中间有位女学生正在演讲。梁金生走近一看，演讲的女生留着刘海和短发，穿着一件蓝竹布褂，束着黑布裙，脚穿白袜子，看上去特别干练和果敢，英气逼人。"同学们，就在今年的 1 月份，英、美、法、日、意等战胜国在巴黎召开对德和会，决定由日本继承德国在中国山东的特权。中国是参加对德宣战的战胜国之一，但北洋军阀政府却准备接受这个决定。今年 5 月 4 日上午，北京高等师范学校与北京大学、中国大学等 13 校代表，在法政专门学校开会，决议下午在天安门前举行集会和游行示威。他们打出'誓死力争，还我青岛''收回山东权利''拒绝在巴黎和约上签字''废除"二十一条"''抵制日货''宁为玉碎，勿为瓦全''外争主权，内除国贼'等口号，并且要求惩办交通总长曹汝霖、币制局总裁陆宗舆、驻日公使章宗祥。学生游行队伍移至曹宅，痛打了章宗祥，北京高等师范学校数理部的匡互生第一个冲进曹宅，并带头火烧曹宅，引发'火烧赵家楼'事件。同学们，让我们团结起来，为了苦难深重的中华民族，坚决反对帝国主义，收回他们在中国的不平等特权。有钱出钱，有力出力，把这些欺负我们的帝国主义列强赶出中国！打倒军阀，驱逐列强，用我们对这片土地的满腔爱意和热血，拼搏出一个没有压迫、没有剥削，人人可以吃饱穿暖的新中国！"

"好！"演讲引起了围观人群的喝彩。梁金生也忍不住鼓起掌喝起彩来。"这位女同学真厉害。她是哪个专业的啊？"梁金生问了问旁边的同学。"是师范科的学生，叫黄静，也是一名华侨子女，现在是学校青年救国会的会长。"旁边认识她的舍友何场回答道。"可惜了！看到对面没有？那里也有个社团，叫中华复兴青年社，那个为首的高高瘦瘦的青年叫孙雷，听说还是她的男朋友呢。哈哈，你没机会了。"何场用力地拍了拍梁金生的肩膀，哈哈大笑起来。

梁金生习惯性地摸了摸鼻子，径直走到黄静旁边的招生咨询摊位前，"我也要加入你们社团，请问要什么条件？""先填一张申请表，然后经过协会委员的审核后就可以入会并参加相关活动了。"一名胖胖的女生这样回答他，并递过来一张申请表。梁金生接了过来，从怀里掏出叔叔赠送给他的钢笔。在那个年代，毛笔、蘸水笔、钢笔都有人用，看各人家境和所处环境。梁金生将自己的名字写在纸上，并将自己的学习简历也大概写了一下。"请收下表。"梁金生将表递给了那位胖胖的姑娘。"好的，我们明天刚好有理事会会议，你后天来这里等录取消息吧。"

当天晚上，梁金生第一次失眠了，脑海里老是浮现出白天黄静演讲的样子和那段慷慨激昂的演讲词。他盼望着明天早点过去，盼望着后天他会被协会录取。

终于盼到了第三天。中午，梁金生早早就来到了食堂旁边的青年救国会招生摊位前。今天负责接待的还是那位胖胖的女生。"请问我的入会申请通过了吗？"梁金生直接问道。"同学，稍候片刻，让我找下。"那女生回答，"哦，你没通过呢。"

"什么？"梁金生一把抢过申请表，只见申请表下面有一行纤细的钢笔字，工整地写着：该生生于越南，祖籍广东宝安，近期求学于香港，出身过于复杂，有待进一步考察，暂不录取！

一股失望的气息一下子涌上梁金生的脑门，他感觉仿佛一下子失去了什么东西。

"怎么可以这样呢？我也不想经历那么多地方和事情的，我想见见你们的会长黄静同学，可以吗？"梁金生问。

"真不巧，黄静去开联席会了。"那女生回答道。

"这样啊！对了，你叫什么名字呀？我什么时候能够见到黄静呢？"梁金生又问。

"我叫谢冬梅。要不你明天下午放学后来我们定期开会的师范楼301教室找她吧。"冬梅听到对方主动问她的名字，好像很高兴，就答应帮他约一下黄静。"好的，明天下午见。"梁金生感激地说。

第二天下午，梁金生如约来到师范楼 301 教室，隐约听到里面有十几位学生在热烈地讨论着什么。过了一个小时，会议开完了，一群学生陆陆续续走了出来，走在最后的是短发女生黄静。

"黄静，你好。"梁金生主动走到了黄静面前。

"同学，你好。你找我有事吗？"黄静一双水汪汪的大眼睛看着身材不高，稍有点黑瘦，但又透着一股朝气的梁金生。

"是这样的，我申请加入青年救国会，可是你们审批的时候拒绝我了。"梁金生略带腼腆地回答。

"哦，你叫梁金生对吧，是这样的，因为我们是青年救国先锋政治团体，不同于一般的文艺社团，我们要求对成员的履历要非常清楚，由于你经历复杂，我们理事会很难把握，所以就先拒绝你入会了。"黄静直截了当地做了一番解答。

"这样啊，可是我的成分一点都不复杂呢。"梁金生一股脑地把自己的出身及经历跟黄静交了底，包括自己 5 岁丧父，7 岁从越南回国，之后在香港求学的经历，都跟黄静做了详细的说明。

"这样啊！"听到梁金生 5 岁丧父的经历，黄静不由得动了恻隐之心，听到他背后还有一位开明的母亲，黄静在心里又平添了几分好感。

"要不我再找几位理事商量一下，破格招你入会吧。"黄静爽快地说道。

"那敢情好，那敢情好！"梁金生兴奋地拍起了双手。

就这样，年轻的梁金生在黄静的带领下，第一次接触了进步组织和进步思想，开始了他青年时期救国救民的探索之路。

学生运动

上海学生联合会，简称"上海学联"，是新民主主义革命时期中国共产党在上海建立的学生进步团体。上海学联的成立宣言申明其目的是：联合全国青年学生之能力，唤起国民之爱国心，用切实方法，挽救危亡。1919 年 5 月中旬至 6 月初，上海有 84 所学校建立了分会。上海学联成立后，积极动员上海学生参加五四爱国运动并支持北京、天津、山东等地的学生斗争。1919 年 6 月，上海学联与北京、天津、南京等地的学联组织联合发起成立中华民国学生联合会。1920 年 5 月，北洋政府勾结法国驻上海总领事查封上海学联、全国学联、全国各界联合会、上海各界联合会等四个团体。6 月，上海学联改组。

春去秋来，一年过去了，梁金生在校除了学习师范专业知识，课外时间就主动投身到进步社团的各种救国宣传活动中。这天，接到上海学联通知，要他们组织一群热血青年参加一次群众集会宣传活动。

南京盛夏的午后，烈日当空，路面发烫，街边的狗伸着舌头散热。梁金生、黄静、谢冬梅、何场、孙雷一行人夹杂在游行的学生队伍中，高喊着"打倒帝国主义，打倒军阀统治"等口号。游行队伍经过金陵大学时，背后传来一阵吵闹的声音。

"你们凭什么不让我喊'苏维埃万岁'的口号？"

"什么是苏维埃？""你是不是欠揍？"

争吵的声音越来越大，接着就看到十几个穿着灰色学生装、留着寸头的年轻人故意跟一群穿得比较简朴的男学生在拉扯，似乎在反对里面的学生喊关于布尔什维克和苏维埃革命的口号。经过五四运动的洗礼，在李大钊、陈独秀等人的宣传下，学生们已经开始逐步接受无产阶级革命和苏维埃革命的思潮，但是仍然有许多出身地主或官僚家庭的学生反对这个思潮。

很快，双方的争吵声越来越大，有个寸头青年干脆直接用拳头抢向喊过苏维埃口号的青年们，游行队伍马上乱成一锅粥。

不一会儿，刺耳的警哨声响起，从街道两边冲出了一队队全副武装的警察，见学生就打就抓。可怜手无缚鸡之力的莘莘学子，像一群绵羊，被警察们用警棍残忍地毒打，一些人还被军警推搡着上了车。有些年纪不大的孩子还被吓哭了。吵闹声、惨叫声、刺耳的警哨声交织在闷热的街头。

梁金生一看这架势，立马醒悟，这肯定是当局的阴谋，于是二话不说，拉起几个小伙伴，使出小时候在山区锻炼出来的穿梭山林的速度，往旁边的巷子里面跑，其他同学也蒙了，跟着梁金生可劲儿地往巷子里跑。

一起跑了大约半个小时，梁金生一看周围没有危险了，立

马停下脚步，回头看着狼狈狂奔的小伙伴，大声喊道："没危险
了，大家休息一下。"略胖的谢冬梅气喘吁吁，就快支撑不下去
了，听到招呼最先停了下来，用虚弱的声音喊着："同学们，歇
一歇吧，没事了。"于是，黄静、何场和孙雷也都跟着停了下来，
大家环视了一周，发现已经跑到了郊外的田埂上，后面有个长满
矮树林的土山包，挡住了来时的路线，应该是安全了。大家陆陆
续续坐在了田埂上，开始聊起天来。"估计现在城里比较乱，这
次应该是军警有预谋的一次抓捕行动。"梁金生首先开启了话题。
"难怪呢，参加了那么多活动，第一次碰到队伍内自己人内讧打
架的。"黄静接话。"就是，就是。"何场、孙雷也应和道。"我
看今晚大家就在田埂上露宿一晚吧，聊聊大家的革命理想。我先
去旁边的红薯地里找点红薯什么的，等下大家烧个火，烤红薯填
填肚子。"有丰富山村生活经验的梁金生说道。"好的，我跟冬梅
去捡点柴火。"黄静说完就拉着冬梅去旁边捡柴火去了。"那我
就负责点火吧。"孙雷说道。分工就这样自然而然地完成了。梁
金生带着何场，在村民们收割过的红薯地里翻起了红薯。不一会
儿工夫，两人就用衣服包着一大包红薯回来了。夕阳西下，落日
的余晖照在梁金生黑瘦但英挺的身躯上。此时，篝火已经点燃，
大家一起动手，将红薯放到火堆里烤了起来。烤红薯的香味伴随
着年轻人爽朗的笑声，飘荡在南京郊外的夜空里，仿佛刚才的凶
险经历已经烟消云散。

日复一日，梁金生在暨南学堂师范专科学习着文化知识，业

余时间他也自修中医及其他医务知识。在语言方面，他更是聪敏好学，熟读中文、英文、法文及越南文，还经常研究中文音韵与越南文、英文音韵的异同。这些为他以后的革命事业特别是国际交流工作打下了坚实的基础。1924年，在同学刘亚任的介绍下，梁金生光荣地加入了中国共产主义青年团。同年，梁金生毕业；又受组织委派，回到家乡参加广东的大革命运动。

第二章　浴血梧桐　红动鹏城

回乡革命

1921 年，中国共产党成立。1924 年年底，中共广东区委派遣广州农民运动讲习所学员黄学增、龙乃武来到宝安县，开展农民运动，发展党员，开始了中国革命的星星之火。梁金生同志在这个时候也跟着回到了自己的家乡布吉。

夕阳西下，布吉草埔的客家老屋依然是青砖伴晚霞。一头外出吃饱的黄牛在一名戴斗笠老农的牵引下，披着落日的余晖缓缓走进村东头。"二叔公，掌牛回来了。"一位知识分子打扮的青年主动打招呼道。老农缓缓抬起头，看见一位文弱但又神采奕奕的青年站在自己面前，微笑着看着自己。老农认真打量着这位文质彬彬的青年，"呀，阿生古，你读书回来了？"说完，上前热情地拉着梁金生的手，"走，走，回家，见你阿妈和叔叔们去。"两人有说有笑，来到一栋普通的旧宅子面前。"文古妈，建生，阿生古回来了！"二叔公中气十足的话语穿透厅堂。乡下人早出晚归，此时正是下田的农民们晚归的时候，一下子，老屋门口的晒谷坪上就聚集了许多左邻右舍叔叔伯伯们。多年前，梁金生一家从越南搬回来，由于父亲在越南去世，家境不富裕，为了减轻母亲的负担，梁金生每天只吃一餐饭，节衣缩食，刻苦求学。13岁那年梁金生考入优待国外出生的青年且免学费和宿金的南京暨南学校，全村人都由衷地为他感到高兴。村中父老对上高校的子弟予以公偿学谷资助，所以师专一毕业，梁金生就优先选择回家建设家乡，报答多年关照他的朴实的父老乡亲。

梁母步子蹒跚地从厨房出来，紧紧抱住自己多年在外求学的儿子，忍不住泪流两行。"儿子，你终于转来了。好！好！好！抓紧转屋里。"母子两人一起进到屋内，近亲的叔叔伯伯们早已等在客堂。深秋的布吉，一栋普通的客家民房里，飘出阵阵久违的欢声笑语。

第二天，按照客家人重文的传统，为了庆祝梁金生学成归来，在族长二叔公的安排下，村中父老设宴大庆。酒过三巡，二叔公把梁金生叫到跟前，问他以后的打算，是继续求学呢，还是开始找事做工。彼时的梁金生，已经接受了共产主义思想的洗礼，这次回乡是带着组织交给的开展农民运动的任务来的。于是他答道："二叔公，我在学校接受了现代师范教育，也进修了中医，还掌握了几国外文，一来我们宝安县靠近香港，工作机会比较多，二来我也想照顾照顾家族的长辈和阿妈，所以我打算这次回来就不走了，先找个老师的职业干着。""哦，那很好，那很好。"老族长二叔公连连点头。后来，梁金生为了表明自己的心迹，题了一副对联："学未大成，愧我难扬祖德；业方小就，止余蔓答亲恩。"再后来，在村学堂大门，另书有一联："学门基础薄，初登一步；祈祖叔续助，再接云榔。"由此可见，他仍然有进修求知的愿望。但是，他服从了革命的需要，为了人民的翻身和民族的解放，暂缓追求个人夙愿的脚步，走上了革命的道路。

在二叔公的支持下，年轻的师范毕业生梁金生，将以前的学堂改成了一所西式的学校，命名为"配峰学校"，并任校长。除了教书育人，梁金生一刻都没有忘记组织交给他的政治任务。他利用自己的教师身份，成立了农民协会、农民自卫队，搞减租减息，在当地轰轰烈烈地开展农民运动。

省港罢工

1925 年 5 月 15 日，上海内外棉七厂工人顾正红（共产党员）被日本资本家枪杀。5 月 28 日，中共中央决定 30 日在租界内举行大规模的反帝示威活动。5 月 30 日，上海工人和学生举行街头宣传和示威游行，租界的英国巡捕在南京路上突然开枪，打死 13 人，伤者数十人，此即"五卅惨案"。6 月 19 日起，在中国共产党的领导下，省港两地工人为支援上海人民的反帝斗争，开始了震惊中外的省港大罢工。罢工开始后，大批香港工人经深圳转移到广州，按照中共广州区委和中华全国总工会的指示，省港罢工委员会在深圳湖贝"思月书院"设立罢工工人接待站，接待回粤工人。为了更有效地打击英帝国主义，省港罢工委员会又组织力量对香港实行全面封锁，派工人纠察队开赴宝安，沿深港边界水陆布防。中共广东区委派出铁甲车队抵达宝安，协同工人纠察队共同布防。处在罢工斗争前沿的宝安党组织发动工农群众配合铁甲车队和纠察队封锁香港，援助罢工。

这天晚上，像往常一样，梁金生执教的配峰学校的扫盲班又如期开班了。村里的农会会员们忙完一天的农活，如约来到学校，等着年轻的梁金生校长给大家讲课。梁金生准时而至，穿着以前在南京时穿过的学生装，瘦小的身板显得更加干练，特别是一双水汪汪的眼睛，时不时透露出坚毅的眼神。"同学们，叔叔伯伯们，大家知道，最近发生了一件大事，就是上海租界的英国巡捕在南京路上开枪打死13人的'五卅惨案'。为了反对英帝国主义的压迫，中国共产党号召广东省和香港的工人及农民支援上海人民的反帝斗争，进行'省港大罢工'。我们布吉就处在沙头角和皇岗口岸中间，让我们联合起来，加入本次运动中。"听讲的农会会员们群情激昂，纷纷表态要加入本次省港大罢工，支援上海人民的反帝斗争。有些人主动要求加入罢工工人接待站，参与接待回粤工人；有些人主动要求加入巡逻队，加强在边界地区的巡逻。这次大罢工在全国人民的声援和支持下，坚持到1926年10月才结束，历时1年4个月，是当时世界工运史上时间最长的一次大罢工。

思月田心

思月书院位于深圳罗湖区东门步行街，始建于清康熙年间，有 300 余年历史，曾为省港大罢工接待站，多次经受革命战争风雨的洗礼，是中国革命的历史见证。"寓学于民而惠于民"是古老的思月书院一贯的宗旨。300 多年的历史，沧桑的岁月，沉积着丰富的文化底蕴，思月书院曾是"深圳墟"——罗湖商业集市的文化象征和教育中心，多少学子在此启蒙识字，晓知天下事。《书院春秋》，一壁红木刻画不尽先人教学之精神。

1925 年 6 月，省港大罢工爆发。党领导下的农民运动蓬勃开展的深圳地区，成为广州与香港工人运动的联络点和第二战场。遵照中共广东区委和中华全国总工会的指示，6 月 19 日，在位于深圳墟（今东门老街）南庆街 22 号的思月书院设立了香港罢工工人接待站。当天凌晨，香港电车工人分别乘火车或步行到深圳，在思月书院集中。每日由深圳乘火车回广州的罢工工人有 1000 多人。当时，深圳各大小商号以及各乡的农民，也积极置办茶粥，欢迎香港工友，罗湖、南塘、水贝、黄贝岭等处的居民还将自己的房屋腾出来，给工友临时住宿。

这日，接上级通知，梁金生以讲课为由，前往思月书院召开工作会议。

在思月书院给深圳的学子们上完一堂有关中国形势分析的公开课后，梁金生来到深圳墟，这里离布吉草埔不到 5 千米，是布吉人世世代代采办日常物资的重要街道。如果说古代深圳的根在南头古城，那么近代深圳的根则在"深圳墟"，也就是现在的"东门老街"。据史料记载，早在 1688 年，深圳墟就已是当时新安县（深圳的前身）的主要墟市之一。1979 年设立深圳市之后，原深圳墟改称为"东门老街"，再后来便索性简称为"老街"，于是就有了如今地铁 1 号线和 3 号线换乘站的名称——老街站。

梁金生逛了一下深圳墟，很快来到了一栋红白相间的小楼——深圳鸿安酒家，他麻利地跟老板娘何华益打了一声招呼。几年后，有位叫叶挺的年轻人来到了这里，拉开了华南抗日战争的序幕，也为东江纵队的成立初步奠定了基础。今天，梁金生要在这里宴请他发动起来的几位田心村的梁姓宗亲。在饭店的二楼，他点了几个传统客家菜——酿豆腐、梅菜扣肉、苦笋煲、盐焗鸡等，准备好好犒劳一下田心村农民协会辛苦工作的兄弟们。很快，田心村农会的骨干梁祖金、梁祖福、梁棋、梁业四人来到了鸿安酒家二楼。

梁金生先给大家斟满了客家娘酒，对着梁氏兄弟们说："各位兄弟子叔，你们既是我的宗亲，也是我的革命战友，也是我回宝安后发展的第一批农会会员，我代表党和组织，代表我自己先敬大家一杯，感谢大家近期对省港大罢工的支持，也感谢大家对我梁金生工作的支持。我敬大家！"梁金生豪气干云地将一碗客家娘酒吞下了肚。

梁氏宗亲们二话没说，也跟着梁金生一起喝下了这碗酒。

"梁老师，我也代表田心村的宗亲给你敬一杯，感谢你定期到田心村梁氏祠堂来给我们上课，一方面给我们扫盲，另一方面还给我们讲革命道理。你是我们梁氏的好榜样，我们敬你一杯。"梁祖金说完，把一碗娘酒一饮而尽。

"祖福，最近铁甲车队的周士第去找过你们没有？"梁金生问梁祖福。7月底，黄埔一期生周士第率领铁甲车队部分人员到达深圳，协同工人纠察队巡逻于沙头角至南头一线边界。省港大罢工期间，黄埔军校学生协助工人纠察队严格执行禁止偷运内地的物资到香港的任务，并防范歹徒潜入广州扰乱治安，破坏省港大罢工。

"找了，他们来深圳第一站就是我接待的，我们安排他们的一些成员在田心村梁氏祠堂过了一夜呢。放心金生，我们乡下人实诚，都用好酒好菜招待工人兄弟。"梁祖福有点自豪地答应道。

"那就好，说明我们农会还是发挥了重要作用的。多年以后，历史会为我们田心村的梁氏记下浓重的一笔。"梁金生看着众人说道。

"省港大罢工开始后，为了更有效地打击英帝国主义，罢工委员会组织纠察队全面封锁香港，铁甲车队开到与香港、九龙交接的南头、深圳墟、沙头角一带，协同罢工工人纠察队进行封锁香港的斗争。此外，组织还要求铁甲队队员到我们深圳乡村配合党组织，从事农民运动，组织农民协会的工作。"梁金生补充说明了铁甲队的主要任务。

"近期大家为省港罢工的事情忙坏了，今天我请客，大家多吃菜多吃肉，好好犒劳一下自己。"梁金生热情地招呼农会的这些宗亲。大家你一杯我一杯，聊天聊地聊古今，好不畅快。日落西山，天下无不散之筵席，大家在太阳落山之前各自道别，打道回府。

他们没有想到，十几年后，一位叫叶挺的年轻人会在这里设立指挥部，招兵买马，组建抗日武装力量。他们没想到，东门老街日后会被日寇占领，成为需要良民证出入的日伪统治区。他们没想到，1979年的一个春天，有一位叫邓小平的共产党人在这里画了一个圈，一个奇迹般的经济特区诞生了，它的名字就叫深圳。他们没想到，在新时代的深圳，在中国共产党的领导下，全体梁氏村民过上了富裕的小康生活。

工农武装

中共宝安县第一届委员会成立后，在中共广东区委的领导下积极开展工作。当时广东区委的组织部部长穆青和广东省农会领导人阮啸仙曾指示宝安县委，要做好各种斗争的准备，首先要维护群众利益，争取民心，广泛发动群众，废除人民深受其害的苛捐杂税；进行减租减息斗争；严密布置打倒贪官污吏、打倒恶霸地主等的斗争。遵照中共广东区委和广东省农民协会的指示，宝安县党组织放手发动群众，把农民组织起来，宝安农民运动呈现出蓬勃发展的局面。

农民协会的重要任务，就是建立农民自卫军，同地主恶霸、土豪劣绅和贪官污吏作斗争，打击土豪劣绅掌握的反动民团，以保卫农民运动的胜利成果。因此，各区农会还组织了30至50人不等的农民自卫军，革命烽火已成燎原之势。

为了提高农民自卫军的思想觉悟和战斗力，宝安县委还领导建立了农民自卫军模范队，军营设在临近县城的南头关口郑氏祠堂，由省农会派来的3名黄埔军校学生（其中1名为共产党员）帮助训练，开设政治课和军事课，3个月为1期，每期50人，学员每区派10人，并内设党小组。军装、枪械、膳食由各区农会负担，其他费用由县农会负责。后来由于形势发生变化只办了两期，军校学生被调走。农民自卫模范队员受训人数达100人，为宝安农民运动培养了骨干力量，推动了农民运动的发展。

当时的豪绅恶霸，主要在四、五区，他们勾结官僚，操纵民团，欺压农民，破坏农会，无恶不作，有"三大害""四大臭""八大魔王"之称。沙井陈炳南（恶霸）、新桥曾亦樵（恶霸）、岭下文侣臣（劣绅）为"三大害"，加上沙井陈翼朝（恶霸）为"四大臭"，再加上周家村麦成泰（恶霸地主）、潭头文槐轩（劣绅）、沙井陈素家（又名陈葆真，劣绅）、燕川陈僚初（又名陈了初，劣绅）为"八大魔王"。农民自卫军建立后，首先攻打最反动的沙井民团。恶霸豪绅陈炳南、陈翼朝闻风丧胆，畏罪潜逃，四、五、六区的反动民团也随之土崩瓦解，换来了农民自卫军的迅速发展。而一区民团团长郑鄂延，仗恃官僚庇护，不愿解散民团。县农会随即召开会议，召其到会，讨论地方治安问题，责令其解散民团并将民团武器交给农民自卫军使用。

1925年10月2日，宝安农军与国民党张我东部在沙井云霖发生激战，农军损失惨重，史称"云霖惨案"。事情发生后，当时的宝安中共领导人黄学增立即把各区农会的负责人召集来开会商讨对策。

"同志们，事情大家都知道了，昨天，国民党张我东部与农军在沙井云霖发生激战，农军死5人重伤7人，各乡农会会所被抢劫，农民伤亡多人。在宝安县，张我东和县长梁树熊一直都是反动派的代表人物，他们狼狈为奸，仗着手里有正规军武装，一直对我们的农会和农民朋友虎视眈眈，如今终于下毒手了。我们一定要团结起来让他们血债血偿！"年轻的黄学增愤怒地说道。

"对，一定要血债血偿！不能对这帮反动派姑息。"中共宝安支部委员龙乃武、郑奭南同志也呼应道。

梁金生也在出席的农会负责人之列。他看到老战友黄学增同志气得满脸通红，不由得在会上建议道："同志们，张我东这次犯下的血案，我们一定要想办法让他血债血偿，我建议分两步走：第一步做好斗争准备，还有一步也很重要，我们也要用文斗的手段，那就是通过合理的渠道，向广州国民政府中央农民部部长陈公博投诉，要求国民政府严厉惩办张我东、梁树熊等人。"

"好，说干就干。"风风火火的农民领袖黄学增立刻接纳了梁金生的意见。他们代表宝安农会写了一份关于"云霖惨案"的详细报告，在报告中提出三个要求：一是拿办凶手张我东和梁树熊，尽快解散不法军队；第二，立刻剿灭宝安境内的土匪民团和不法武装；三是通缉土豪陈炳南等，并查封其资产。

陈公博收到宝安农会发来的诉状后，也很愤怒，马上致函给国民政府，要求惩办张我东、梁树熊等人。时任国民革命军第一军军长的蒋介石收到函件后，迫于外界压力，也假惺惺地对外宣布要查办惨案凶手。其实他只是开了一张空头支票而已，代表大地主阶级利益的他们，怎么可能会真正支持农民闹革命。几个月后，张我东竟升任国民革命军总司令部政务局高级参议，而曾经做过孙中山军政府秘书的梁树熊依然每天莺歌燕舞。

黄学增带领梁金生等农会的干部继续与反动民团做各种斗争。他们曾经尝试从虎门带领国民革命军独立团的一个连赶到福永云霖，准备协助农军查办陈炳南等人，最后连长似乎得到了团长张贞的指示，到了云霖只做和事佬，主张调节，不肯帮助农军。

随后，黄学增、梁金生等人组织召开了全县的农民代表大会，并发表慷慨激昂的通电，请国民政府明令将宝安全县各乡区民团、乡团和乡巡联团一律解散，并取消广东全省民团统率处。然而，代表大地主大资产阶级利益的国民党政府，并没有听取这些基层民众的诉求，最后一纸调令，将宝安县农会的领导人物黄学增调回了广州，理由是准备出席国民党第二次全国代表大会。

黄学增 1900 年出生于广东省遂溪县，因家贫直至 13 岁才入本村私塾读书，1920 年考上广东省立甲种工业学校。1921 年参加中国共产党组织，1924 年参加广州农民运动讲习所第一届学习班，曾任广东省南路特派员、中共农民运动特派员、广东省农民协会执行委员、广东省农协南路办事处主任、广东省委候补常委、琼崖特别委员会书记等职。黄学增是大革命时期与彭湃、阮啸仙、周其鉴等人齐名的广东省四大农运领袖之一，又是土地革命时期广东西江和海南岛红军、苏维埃的创始人之一。1929 年，在海口市英勇就义，时年 29 岁。

这次"云霖惨案"事件让梁金生再次意识到，靠国民党是无法拯救苦难深重的中国的，只有真正代表农民、工人等广大劳苦大众利益的中国共产党才能真正救中国，才能够带领中国人发挥不屈不挠的斗争精神，推翻压迫在近代中国人民头上的帝国主义、封建主义和官僚资本主义三座大山，创建一个没有压迫、没有剥削的繁荣富强的新中国。于是，作为老共青团员的他，在 1927 年 3 月经曾宪尧、谭锡泉介绍直接转入中国共产党。

1927 年 11 月，省委派省候补委员赵自选到东莞、宝安两县组建工农武装，成立东宝工农革命军总指挥部，下辖 4 个大队。其中第三、四大队以宝安原有的农民自卫军为基本队伍改编而成，至 12 月上旬，宝安的工农武装发展到 2000 多人。

草埔玉梅

一天，梁金生上完课回到家里，突然发现有位姑娘正在跟母亲聊天。看见梁金生回来了，她们立即停下聊天，笑眯眯地望向梁金生。

"阿生古，你转来了，来来，我给你介绍一下。"母亲招呼梁金生过来，"这位姑娘叫刘玉梅，是二叔公的远房亲戚，过来认识一下，叫阿梅姐。"

梁金生走过去，借着煤油灯的光，看到一位胖乎乎又很面善的女子正笑容可掬地盯着自己，不由得一阵脸红。

"我认识你，梁老师，我上过你的扫盲班，你的课上得真不错，我们都听得懂，学得会呢。"刘玉梅落落大方地说道。

"哦，好的好的。"梁金生显得有点腼腆。

这是他跟刘玉梅的第一次见面。

后来，在二叔公和母亲的安排下，比他大几岁的刘玉梅就成了他明媒正娶的第一任妻子。

刘玉梅深受梁金生革命思想的影响，经常掩护梁金生开展党的地下活动。1942 年冬至 1943 年春，东江纵队的杨彩萍等人被日寇追捕时，刘玉梅让他们躲在家中，还为他们传送文件。

她挑的担子，一边是菜，另一边是女儿汉莲，汉莲屁股下面就藏着党的宣传材料。在后来的白色恐怖岁月中和梁金生因公牺牲后的日子里，虽然他们已经形式上是离婚关系，但刘玉梅一直以媳妇的身份在老家默默地照顾着家中老人，也以地下情报员的身份为党工作着。

彭湃同志

广东省第二次农民代表会议于 1926 年 5 月 1 日至 15 日在广州召开。

本次会议正式代表 214 人，列席代表 100 多人，广西、湖南、贵州等 11 个省均派代表参加。梁金生作为宝安县的农会代表出席了本次会议。阮啸仙做了题为《广东省农民一年来之奋斗》的报告，鲍罗廷、李立三、毛泽东、谭平山分别做演说。大会总结了广东省第一次农代会以来农民运动的经验教训，讨论了当时农民运动亟须解决的各项问题；选举阮啸仙、彭湃、罗绮园、周其鉴、蔡如平为省农民协会常务委员，通过了《农民运动在国民革命中之地位决议案》《广东省农民协会修正章程》等。此时，广东全省已有 66 个县有农民协会组织，农会会员达 62 万多人，农民自卫军 3 万人，表明在乡村地区，农会组织已在国民革命中占有举足轻重的地位。

在会场上，梁金生认识了一位热血澎湃的革命青年，他的名字就叫彭湃。会后，梁金生主动找到彭湃，向他请教革命的心得和开展农运的方法。彭湃是海丰县城郊桥东社（今汕尾市海丰县海城镇）人，曾用过"王子安""孟安"等化名。他出身于一个工商地主家庭，1921 年加入中国社会主义青年团，1924 年 4 月由共青团转入中国共产党，1927 年 10 月在海陆丰地区领导武装起义。11 月，陆丰县和海丰县先后成立了苏维埃政府，海陆丰苏维埃政权是中国第一个工农苏维埃政权。海丰县苏维埃成立大会开幕当天，彭湃以中共中央执行委员代表身份发表演说，并代表党中央在会上做《政治报告》。1929 年 8 月 30 日，彭湃在上海龙华英勇就义，时年仅 33 岁。

新民主主义革命时期，彭湃积极开展农民运动，其撰写的《海丰农民运动》一书成为参与农民运动者的必读书，毛泽东称他为"农民运动大王"。2009 年 9 月 10 日，彭湃被评为"100位为新中国成立作出突出贡献的英雄模范人物"。

在梁金生眼里，彭湃是真正意义上点燃烽火的人，尽管屡遭扑灭，但火星不灭，未到大火燎原的那一天，彭湃的理想不会远去。在彭湃的介绍下，梁金生认识了另外一名战友 —— 华侨领袖廖柏鸿。

廖柏鸿生于 1892 年，广东省梅州市原梅县城东镇石月乡（今梅江区东郊东厢村月塘面廖屋）人，曾先后担任广东省惠来县葵潭镇警察区区长、广西省平乐县统税局河口盐务分局主任、广东省海丰县陆安师范学校校长。1921 年，廖柏鸿和彭湃在海丰投身革命事业，并肩作战，于 1924 年加入中国共产党，在国民革命军第一次东征时接受周恩来的直接领导。1927年"四一二"反革命政变后，廖柏鸿惨遭杀害，牺牲时年仅35岁。1957年，廖柏鸿被追认为革命烈士，中华人民共和国中央人民政府给其家属颁发了由毛泽东主席签署的《革命牺牲工作人员家属光荣纪念证》。

这些牺牲的战友指引着梁金生在以后艰难的革命岁月中，始终坚定对党的忠诚和对共产主义的信仰，为民族解放事业鞠躬尽瘁，死而后已。

第三章　避难越南　入党革命

避难越南

1927年4月12日，蒋介石发动"四一二"反革命大屠杀，使革命力量受到严重摧残。在大革命生死存亡的关头，4月27日至5月9日在武汉举行的中国共产党第五次全国代表大会虽然提出争取无产阶级革命领导权、建立革命民主政权和实行土地革命等一些正确原则，但未能提出有效的具体措施，这样就难以承担起挽救大革命的任务。之后，在蒋介石策动和指使下，杨森、夏斗寅、许克祥、朱培德等接连叛变，汪精卫集团也日益走向反动。7月15日，汪精卫召开"分共"会议，决定与共产党决裂，第一次国共合作至此完全破裂。蒋介石、汪精卫相继叛变，大革命以失败告终。4月15日，广东国民党当局也在广州发动了"四一五"政变，大肆搜捕、屠杀共产党员和革命群众，白色恐怖笼罩全省。

此时的梁金生担任布吉农会的负责人，党组织要求党员分散隐蔽，以保存实力，他选择回到越南外婆家避难，同时以在中药铺当医生为掩护，继续开展革命工作。

拖着疲惫的步伐，梁金生敲响了越南本地一家民居的门。门很快开了，开门的是一位越南老太太。"小梁金生，乖外孙。"她一眼就认出这位斯文的青年是自己的外孙梁金生。

"阿婆。"此时的梁金生一脸疲惫，看到亲人出现在自己面前，忍不住流下了激动的泪水。"阿婆，是谁来了？"一位黑黑的年轻人来到外婆的身后。"来来，过来认识一下，这是你中国的表哥梁金生。"外婆将表弟郑文耀拉了过来。"表弟好。我是梁金生，我过来做些药材生意，可能要陪外婆多住一段时间呢。"梁金生说完主动跟表弟握了握手，并来了一个热情的拥抱。就这样，梁金生在外婆家暂住了下来。

梁金生自修过中医，对药材及中医治疗有扎实的基础，而且懂中文、英文、越南文和法文，很快他就在外婆家族的药铺里找到了一份坐堂中医的工作。他凭借自己精湛的医术和流利的多国语言，认识了许多越南本地民众和华侨，名气也越来越大。他闭着眼摸一摸、闻一闻，就能辨别出是什么药材，对药材的性能和使用方法娓娓道来。遇到疑难杂症时，梁金生虚心地向当地老中医请教学习，他的医术日益精进，为他后来用中医技能从事革命工作打下了良好的基础。

作为一名接受过共产主义思想启迪的共产党员，他最念念不忘的仍然是劳苦大众翻身解放的伟大事业。

越南革命

经过长期的相处，英俊又懂事的表弟郑文耀成了梁金生在越南无话不谈的好哥们。这天，表弟来找梁金生聊天。"表哥，我昨天去听了一个朋友开的讲习班，好像谈的是苏联的布尔什维克，说东川有个政党叫共产党，宗旨就是带领劳苦大众翻身解放做主人的。你今晚有空不？要不要一起去听听讲座？"一听到布尔什维克，本来百无聊赖的梁金生立即两眼放光。"好啊，我跟你一起去！"梁金生说道。去了才知道，这个共产党其实就跟国内的无产阶级政党组织一样。很快，梁金生在表弟的引荐下加入了越南的共产党，并跟表弟一起投入到越南的民族解放事业中，他所在的中药铺也成了一处重要的地下情报交通站。

这天，表弟一脸沮丧地回到家里。

"文耀，怎么了，碰到什么困难了吗？"梁金生关切地问道。

"是呀，表哥，组织让我当一个支部的书记，负责一个地区的无产阶级运动。可是我一点经验都没有，不知道怎么开展工作。"表弟无助地看着他。

"哎哟小表弟，给官你做都不会啊。"两个年轻人平时就爱开开小玩笑。

"党支部的工作，一是发展和管理党员并让党员发挥作用，二是执行上级的指示，三就是要深入群众，了解群众，收集群众的需求，尽可能地帮助群众解决问题。做到这几点，就是我党合格的书记了。"梁金生笑着对表弟叮嘱道。

"哦，表哥不愧是一位教员，你这么一说我就知道怎么做了。谢谢金生表哥！"表弟顿时佩服得五体投地，不由得竖起了大拇指。

梁金生把中国共产党在宝安县发展农民运动的有效措施和方法汇编成资料，亲自传授给表弟，全心全意协助他做好各项革命工作，特别是与农民和工人相关的工作。

1930 年 2 月 3 日，胡志明受共产国际的委托，在香港召开会议，会议通过了《资产阶级民主革命大纲》，并成立了统一的越南共产党，同年 10 月，改名为印度支那共产党。1931 年，越南全国各级党组织悉数遭破坏。1931 年 6 月，胡志明在香港被港英政府逮捕，关押于中环域多利监狱。港英政府没有足够理据把他引渡回越南，法理上只能把他递解出境。然而港英政府打算把他送上一艘法国船遣返原居地，即同样是送回越南。如果照此安排，胡志明难免一死，他的代表律师因而申请人身保护令，暂缓递解，并向法庭申请撤销递解令。经多番诉讼，案件上诉至英国枢密院。

1932 年 6 月，在英国伦敦的代表律师与港英政府的律师达成庭外和解，确认港英政府的递解出境及上船令的合法性，但不会再指定胡志明必须被送上法国船或递解返回印度支那或其他任何法属殖民地。胡志明可就自己的意愿离开香港前往任何地方。第二次世界大战爆发以后，胡志明化名胡光到我国广西桂林等地组织反对法国殖民者的斗争。

解救青年

在法国殖民当局的疯狂镇压下，东川的很多进步青年受到了迫害，进步团体遭到了严重的破坏。

一天，表弟文耀匆匆来到了药铺。

"表哥，听说你上个月帮一位法国商人治好了肠胃炎？"文耀一进门就急匆匆问道。

"是呀，因为我熟悉法语，有很多东川的药材商人和洋行老板会找我看病。上个月，法国药业商会的会长戴贝尔来找过我，他有慢性肠胃炎，西医治了好多年都断不了根，听说我懂法语又精通中医，那天就喊人把我请了过去。我给他开了三服中药，他服用后炎症基本消失。他对我连连道谢，说我治好了他的顽疾，之后我们就成了好朋友了。"梁金生一口气介绍完跟法国商人交往的经过。

"那太好了，表哥，是这样的，最近当局加紧了对我们越南地下党的打击和追捕，城里东川中学有个叫阮凤的女学生，是一位地下组织成员，被人告发，当局把她抓走了。你看看能不能通过法国人的关系，把她给救出来？"文耀表弟急切地问道。

"好的，我现在就去找那位法国朋友。"梁金生听说有同志被抓，毫不犹豫地答应了。

梁金生戴上帽子，拿上皮包，步履匆匆地出了门。

在一栋金碧辉煌的别墅里，梁金生见到了这位高颧骨、蓝眼睛的法国朋友。

"你好，我亲爱的朋友，梁医生，欢迎造访寒舍。"戴贝尔用法语欢迎这位新认识的中医朋友。

"你好啊，会长先生。今天我冒昧拜访，主要为两件事而来，第一是来看看您身体的恢复情况，第二是有件事情可能要麻烦您。"梁金生也用流利的法语应答道。

"哦，我亲爱的梁，非常感谢您对我健康的关心，自从上次服用完您的中药后，我的胃好多了，以前晚上会疼的症状也消失了。中药太神奇了！"戴贝尔高兴地笑了。

"我亲爱的梁，你刚才说，有件事情要麻烦我，没关系的，我乐意为你效劳，尽管说，我的朋友。"戴贝尔追问道。

"亲爱的会长先生，是这样的，我有个远方亲戚，是个女学生，被当局以共产党的名义抓了，她年纪还小，什么都不懂，也许是听信同学的蛊惑，我想请你问问东川警察局的法国朋友，能不能把她放了？"梁金生继续用流利的法语说道。

"哦，梁，是政治问题啊，这个比较麻烦。不过，你的忙我是一定要帮的。现在的东川警察局局长是我的好朋友，我现在马上打电话给他，问问情况。"戴贝尔显然很重视梁金生，顺手就拨通了东川警察局局长的电话。

电话打了很长时间，梁金生的心绪也跟着戴贝尔的语调起起伏伏。最后，当他听到戴贝尔连说几句"OK，OK"后，悬着的心终于放了下来。

"好了，梁，没有问题了，我跟警察局局长说好了。局长说给我个面子，明天就把她放了，你叫她的家属明天直接去警察局领人吧。"戴贝尔放下电话，对梁金生说道。

梁金生双手作揖，对戴贝尔连声致谢。

梁金生从戴贝尔的别墅出来，立即告诉表弟，让他明天早点儿去东川警察局领人。

就这样，仁心仁术的梁医生通过因中医结下的善缘帮助越南地下党成功营救出了一名女地下组织成员。

东川变故

岁月如梭。一天上午，梁金生像往常一样在药铺坐诊。突然，一个病人急匆匆地进了门。

"请问医生，我老婆最近经常腹疼，可否开一服中药给我带回去？"

梁金生心里一惊，按照之前组织的规定，这个暗号是在组织最危险的时候才使用的。"可以，我多开两服给你带回去，服用完即可缓解。"梁金生应道。

"医生，这是诊金，您收好！"来人往梁金生手里塞了钱，拿着药单就去捡药了。梁金生不慌不忙地来到后堂，迅速打开钞票，里面果然有张纸条，他用专业的药水一泡，纸上显现一行字："东川省委一主要领导叛变，迅速撤离！"梁金生心里一凉，赶紧将一盆兰花摆到药铺二楼阳台上（提醒他的下线迅速撤离）。此时为了不连累外婆一家人，他赶紧写了一封信，托街口一个卖香烟的男童送到表弟家。

从此以后，东川省的南圻街上少了一位受人爱戴的梁医生。

重回布吉

阔别家乡五年的梁金生再次出现在布吉草埔的老屋。务实的广东人经过五年的岁月洗礼，又进入了按部就班的慢生活。经同学张廷英介绍，梁金生到东莞端凤学校任六年级主任兼国文、史地教员。他一边工作一边四处寻找党组织。

东莞端凤学校是一所由私塾改建而来的乡间学校，每天的工作单调而又平凡。梁金生仍然没有忘记自己的共产主义理想，一有机会就四处寻找党组织。这天，妻子刘玉梅跟他说起了这样一个故事：在宝安的福永镇，有一帮富家子弟，他们在一名共产党员的指引下，秘密成立了一个叫"青年救国会"的组织。蒋介石背叛革命后，这帮富家子弟被当局抓了起来。在严刑之下，这帮青年忠贞不渝，坚决不肯交代自己的上线（其实那位发展他们的党员已经牺牲），最后当局查无实据，也拿他们没办法，在家属缴纳了高额的保证金后放了人。这个故事让梁金生意识到，近几年我党在当地的地下组织已经进入了休眠状态，在白色恐怖笼罩下的地区估计是不可能再与组织接上头了。

第四章　激情燃烧　红色广西

结识"贵人"

很快，他了解到暨南学堂的同学在广西发展得不错，于是，心里满怀共产主义理想的梁金生决定去广西投靠同学。

1933年7月，梁金生在暨南学堂老同学何场的帮助下，在广西省立初级中学谋到了一份教员的工作。他仍然没有放弃寻找党组织。一天，他上完课回到宿舍，何场紧跟着跑了进来。"梁金生，听说教育厅厅长雷沛鸿[①]先生的女儿得了肠胃病，找了很多中医和西医都看不好，我知道你出身中医世家，精通中医，要不你去看看？""哦，这位雷厅长为人怎么样？"梁金生略加思索后问道。"雷厅长口碑很好呢，也很开明，对救国图强也非常热心的。""那行，这活我接了。"梁金生爽快地答道。

这天，秋高气爽，阳光慵懒地照耀着一栋白色的小洋楼。一辆美国进口的小汽车开进了院子，从车上下来一位穿着中山装，带着一个药箱的黑瘦青年。很快，他被请进了一个洋气的客厅

[①] 雷沛鸿，中国教育家，早年在香港加入同盟会，曾参加黄花岗起义，曾四次出任广西省教育厅厅长。新中国成立后曾任第二至四届全国政协委员等。

里。主人也穿着中山装，身材略微发福，看上去50多岁，他就是民国时期广西教育厅厅长雷沛鸿。他对来人客气地抱拳欢迎，"鄙人雷沛鸿，欢迎梁金生先生光临寒舍。听闻贤弟出身中医世家，对疑难杂症素有研究，特请贤弟前来看看小女的肠胃顽疾。不胜感激！"客人就是梁金生。"厅长客气了，治病救人乃医者天职本分，不足挂齿，开始看病吧。"雷厅长把他的千金叫来请梁金生问诊。梁金生先认真把脉，然后问清了病情的前因后果，他依循中医"望闻问切"四个步骤，不遗漏任何一丝有关病情和病根的细节，脑子里不停地跟以前问诊过的病例进行对比。最后，他一丝不苟地开出了药方，要求连服半个月，而且对煎药的火候、药引都做了详细的安排。之后，他还坚持每周亲自过来监督煎药和跟进病人的治疗情况。慢慢地，在梁金生的精心治疗和护理下，雷小姐的肠胃顽疾竟然奇迹般地好了。经此一事，雷厅长对梁金生一丝不苟的治病态度和系统性的中医疗法佩服得五体投地，自此将梁金生奉为座上宾。

重回组织

不久后，在雷厅长的推荐下，梁金生到国民基础教育研究院当指导员，日子倒也过得清闲自在。为了寻找党组织，梁金生参加了党的外围组织——世界语协会，当时有人怀疑并告发他，但他担心错过找到党组织的机会，还是冒险留了下来。这日，他下班回来，看见院子里来了两位客人，跟他的老同学何场正在喝茶聊天。多年的斗争经验让梁金生意识到来人身份绝对不简单。

"这两位是我当年在上海学联认识的同学，范文忠和陈成同志，他们俩今天无事，过来找我喝茶聊天。"何场一本正经地介绍道。

"幸会！幸会！鄙人梁金生，乃基础教育学院一教员。"梁金生素来好客，一听说是学联的故旧，立即笑脸迎了上去，跟两位握了握手。两人话也不多，只是叙旧，偶尔打听一下梁金生以前的生活工作经历。都是参与过学潮的新青年，一见面自然有聊不完的话题，一个下午就在他们海阔天空的聊天中慢慢过去了。

之后的半个月，这两位兄台几乎每天下午都会准时过来喝茶叙旧、讨论时政。一个晴朗的夜晚，两人跟何场又来到了梁金生的院子，按惯例梁金生烧好开水备好茶叶，准备针砭时弊。

"梁金生同志，今天我正式代表中共广西省委跟您谈话。"陈成今天语气突然严肃起来。

"梁金生同志，你已经通过了我们广西党组织的审查，现在我代表中共广西省委接受你重回南宁党组织。"

"好，好，好！"惊讶的梁金生激动得失手把茶叶掉到了地上。

"六年了，我终于找到党组织了。"

就这样，梁金生找到了党组织，并被推荐为南宁市党支部书记。

一场新的革命拉开了序幕。

走进城隍

一天，梁金生接到组织的指示，广西城隍乡的党组织受到了敌人的破坏，要求他去城隍乡开展工作。当时，他是南宁市党支部书记，他请示了广西省党组织的负责人陈成，经组织批准后，他以回乡看望病妻为由，向教育研究院请了三个月假，去了城隍。

梁金生以过路药材商的身份住进了镇上的一家过往驿站。这天，他按照组织的指示，到街上的一家药店去采购药材，这个药店是我党在当地新设立的一家地下交通站。药店的老板叫吴正河，是个高高瘦瘦的老头，颇有几分仙风道骨的气质。"老板，我要采购大量当归和仙人草，你们有没有。"梁金生问道。"没有，只有五指毛桃，要不要？"老板回答。"可以，来 10 斤。"梁金生回答完，主动地跟老板握了握手——接头暗号无误。老板将梁金生带到了后堂，聊了起来。

"同志你好，我叫吴正河，是这里的情报站负责人，欢迎你到城隍来工作。"吴正河五十上下的年纪，热情地做了自我介绍。

"你好，我叫梁金生，组织派我来这里工作三个月，协助建设好城隍的党组织和农会。"梁金生紧紧握住了老吴的双手。

在梁金生的帮助下，我党在城隍的组织迅速恢复了工作，地下情报站也重新建设起来。梁金生把自己在广东搞农民运动的方法全部教给了老吴，让他通过开办农村学校的名义，办好夜校和扫盲班，不断地在农村发展农会会员，比较优秀的再直接推荐加入中国共产党。三个月后，梁金生的假期结束了，他背上了满满一麻袋的中草药，告别了城隍地区的革命同志，顺利回到南宁向组织复命。

走进百色

1929年12月11日，邓小平、张云逸、陈昭礼、雷经天、韦拔群等同志在广西百色领导举行武装起义，后成立右江苏维埃政府，开始了广西西部的"工农武装割据"。百色起义后，东兰、百色、恩阳、奉议、恩隆、思林、果德、隆安、向都、镇结、凤山、凌云、那马、都安、那地15个县相继成立了苏维埃政权，各县农军亦改编为赤卫军，初步形成了右江革命根据地。

大革命失败后，国民党军阀李宗仁、白崇禧加紧控制广西，秘密扑杀共产党员，自韦拔群同志牺牲后，广西百色地区的党组织受到了严重的破坏。1935年9月，教育厅派梁金生到百色地区任教育专员，地下党组织也同时安排他在百色开展党的工作。

那时，广西一些地方瘴气很严重，梁金生深入广大劳苦大众之中，一边为他们治病，一边开展党的工作。

这天上午，当地负责医疗的政府专员雷于军急匆匆地来到梁金生的办公室。"梁专员，百兰乡因为瘴气浓重，很多老乡好像中毒了，呕吐不止。下面报了上来，请我们协助。传闻梁专员精通医术，特请您一起下去帮个忙。"雷于军两手作揖，眼神诚恳地望着梁金生。"没问题，我马上跟你走。"梁金生二话没说，背上医药箱，拉着雷于军就往外走。

山路崎岖，他们先是坐了两个小时汽车，之后走水路又花了两个小时，最后步行了近一个小时，到达乡里时，已是日薄西山。有十几个中毒的老乡被集中在乡里的学堂，外面的院子里站满了患者的家属，有几个郎中和教师模样的人在忙碌地工作着。梁金生放下药箱，看了几个病人，初步断定是中了山里的瘴气之毒。他看到一旁有个大锅灶，里面在用柴火熬着一锅草药。梁金生走了过去，请负责熬药的郎中把药方拿给他看。看着看着，梁金生的眉头紧皱了起来。

"不对，不对，这个药方有问题。"梁金生严肃地对郎中说道，"瘴气是多种疾病的综称，可能包括疟疾、痢疾、中毒、出血热等。根据村民们的症状，我们应该按疟疾来抓药。另外，薏苡仁久服可以轻身辟瘴，槟榔子亦可以胜瘴；雄黄、苍术之类，时常拿来烧了熏，亦可以除瘴。你开的方子主要是缓解肠胃不适的，你按我开的方子重新抓药吧。"说完，他开了张药方给郎中。

149

郎中顿时佩服得五体投地，急匆匆地出门抓药去了。

在梁金生的治疗下，村民们的症状很快就消失了，雷于军也对他的医术佩服得五体投地。

作为中共地下组织成员，梁金生同志时刻牢记组织交给自己的任务，主动跟地下党组织取得联系，将被破坏的地下交通站重新建立了起来。同时，利用自己教员的身份，主动走近群众，通过办扫盲班等形式做好革命思想的启蒙工作。

打入党部

1936 年 4 月，梁金生回到教育研究院。1936 年 8 月，趁着他给广西国民党省党部常务主任黄钧达和他的女儿治好病获得好感的机会，地下党组织指示他打入广西国民党省党部宣传科。

宣传科挂牌在省党部行政大楼的二楼，行政大楼是一栋灰色的欧式小楼。科里的会议室座无虚席，在职的宣传科成员全部到齐，科长一本正经地坐在会议桌中间，宣布了一份人事任命，任命梁金生为宣传科副科长，正襟危坐的梁金生恭敬起立向大家致敬。

梁金生接手的第一个任务是担任《中国国民党广西省党部党务月报》主编，负责刊物的统筹工作。《中国国民党广西省党部党务月报》1927 年在南宁创刊，由中国国民党广西省执行委员会秘书处编辑、发行。该刊主要刊发国民党广西省党务工作的概况，传达党务消息。"特载"一栏报道近期特殊、重大的事件，如《纪念总理诞辰宣传大纲》，从总理（孙中山）的事略、总理的主义、总理与中国国民革命、总理最近主张四个方面，回忆总理对国家作出的伟大贡献，并献上对总理的敬意和祝贺。"法规"一栏公布具有选择性和示范性的政策法规和规章制度，如《党员基本训练大纲》《广西革命剧社简章》等，方便国民对法律问题有所了解。"会议录"则记录了中国国民党广西省执行委员会重要会议的会议要闻，如《中国国民党广西省执行委员会第四十二次会议记录》《中国国民党广西省执行委员会第四十三次会议记录》等，包括会议时间、地点、出席者、主席、速记、报告事项、讨论事项、决议等内容；"命令"一栏则有指令、训令、咨文、电文、公函等板块，登载了政府部门下发的政令以及重要决定等，方便国民把握国民党政府近期工作动态。"党务工作报告"一栏把每个部门的工作进展、工作成效以及工作计划做了系统的说明。

聪明的梁金生利用这些资料获得一手情报，并进行归类汇总，把有价值的重要情报及时通过交通员送到地下党组织手上。

狡猾的军统特务无所不在，由于重要情报接连泄露，敌人似乎嗅到了什么，他们将怀疑的对象锁定在广东人梁金生身上。这天，宣传科科长兼军统特务刘虎跟特务们商量后，决定给梁金生来个美人计，安排一个特务卧底到他身边去。这天晚上，科长刘虎约了梁金生到家赴宴，梁金生带着大女儿如约而至。

宾主一顿寒暄后，刘虎指着右边的一名年轻女子，直奔主题："梁副科长，医术精湛，声名远播。近日有一同僚，家有一女，待字闺中，久仰先生大名，托我做个媒，不知梁兄意下如何啊？"

梁金生早就做好了应对的准备，他跟大女儿一起站了起来，端着酒杯，恭敬地答道：

"感谢科长及同僚厚爱，奈何金生已经婚配，这位是小女汉莲，一直跟随着我，实在不敢再次结婚，请刘兄多多担待，多多担待！"说完举起酒杯向刘虎和其他客人敬酒。刘虎看梁金生将女儿都带来了，也不好太强人所难，只得作罢。

叛徒自燃

军统的人一直没有放弃对梁金生这位外乡人的怀疑，时刻找机会辨识梁金生的身份。

这天，梁金生正在办公室看报，刘虎又找人把梁金生叫进办公室。

"梁副科长，刚接到军统兄弟那边的喜讯，他们抓到了一个共产党的特工，听说这位特工已经招供了，说我们党部有共产党的内应，军统站长安排下午全体党部人员去军统那边的拘留所报到，让共产党特工一一辨认。麻烦你下去通知弟兄们一下。"刘虎对梁金生下达了指令。

"好的，我马上去办！"梁金生听到后马上转身出去通知宣传科所有人。

办公室安静得可怕，只听到挂钟嘀嗒嘀嗒的声音。

梁金生坐在办公椅上，直直地望着天花板。

"这叛变的人是谁呢？国民党省党部那么多人，肯定有很多我们的同志，万一他认出几个人来，那就麻烦了。我必须想个办法为组织除掉这个叛徒！"

到了下午，宣传科十几个人如约来到了关押叛徒的房间，因为军统还不能确定该叛徒是不是真的叛变，所以还不敢让他离开审讯室。他们决定从下午开始，按部门把党部的人叫过去给叛徒甄别。

安排的第一个部门就是宣传科。刘虎带着梁金生等十几个宣传科的干事如约出现在审讯室。梁金生注意到，那名叛徒明显偏瘦，穿着长袍，有着修长的手指，曾经干净的脸庞已经布满了血迹，一看就是讲究的人，而且从血迹可以判断出，已经遭受过特务的严刑拷打。

叛徒透过昏暗的灯光，目光快速地扫过来访的宣传科人员。军统的人让宣传科人员一个个经过他的面前，梁金生是第一个。他似乎从来没有见过梁金生，摇了摇头。其他人依次从他面前走过。

趁大家不注意，梁金生把一瓶药水倒进了旁边审讯用的水桶里，瓶子里装的是一种燃点很低的化学物质，叫磷化氢，很容易自燃。

"奶奶的，你这是把我们当猴子耍吗？"梁金生故意抱怨道。

"长官，长官！我是中共南城地下情报站站长，我知道在你们党部里，中共埋伏了很多内线，以前他给我送过情报的。如果你还不相信我，我可以把情报站的地点，还有我的上线和下线都写出来。"通过这段话，梁金生已经可以断定叛徒已经丧失了原则，铁定叛党了。

"奶奶个熊，就会花言巧语，你这个是反间计。拿我们党部的人开涮！"说完，梁金生狠狠地给了他一个大耳光。那叛徒本来就羸弱，哪经得起从小习武的梁金生这一耳光，只听"啪"的一声，叛徒随即晕了过去。

"算了，梁副科长，我们走吧。"旁边宣传科的干事们看梁金生帮大家出了一口气，立马拉住了他。"科长，我们先回去吧，不打扰军统的兄弟审讯了。"

"今天老子心情好，饶了你。我们走。"梁金生顺势停了手，跟着干事们一起出去了。

审讯房里剩下军统的特务们面面相觑。但是按照计划，还是要继续从内部的人里甄别共产党的。没有办法，他们只能将旁边水桶里的水，一次次地浇到叛徒的脸上和身上，努力把叛徒弄醒。

到了晚上，审讯室里传来阵阵惨叫，特务们大喊："犯人身上着火了！"原来是梁金生之前偷偷投放的化学物质起了作用，在液体温度达到燃点或被小火星点燃的情况下，叛徒"自燃"了。这场甄别党部共产党的风波，事情查无实据，军统的人又怕担责任，最后也就不了了之了。

身份暴露

一天，党部宣传科收到一份有关国民党广西军队人数及军饷情况的重要简报，梁金生偷偷将其复制，然后匆匆来到地下交通站杜桥书店，准备传递情报。刚到巷口，他就发现书店二楼阳台放了一盆吊兰。察觉到情况不对，他立即转身，冲进旁边的巷子，成功躲过特务的搜捕。当天晚上，思来想去，梁金生觉得自己很可能会暴露身份，决定带女儿先回广东老家，躲躲风头。第二天，他来到挚友教育厅厅长雷沛鸿官邸，将情况如实禀报于他。

雷厅长听完梁金生的陈述，立刻走到里屋，拿出若干现大洋，诚恳地说道："梁兄，其实早就有人在我面前举报你是共产党员，为兄一直帮你遮掩。现在看来，可能军统特务已经重点盯上了你。愚兄建议你还是先回广东老家避避风头，待形势好转，再做打算。至于广西这边的军统，我跟党部的黄钧达主任都是你的好友，自然会帮你遮掩。贤弟收下这些盘缠，近日就出发回广东老家吧。"雷沛鸿作为同盟会元老，不愧为开明之士，爱才惜才，在梁金生身处险境的时候，及时伸出了援助之手。梁金生听后，连忙作揖答谢，感谢雷大哥一直对他的关心和照顾。在得到广西党组织的批准后，梁金生带着女儿踏上了回乡的路途。

变卖祖田

　　1936 年秋，梁金生从广西南宁回到广东宝安老家，以办学校为名开展党的地下工作。

　　故乡的秋天温暖依旧，古村的青石小巷依旧是望不到头。此时的宝安县，党的地下工作直接受南临委（中共南方临时工作委员会）的领导。除了梁金生，南临委先后还派了张权衡、吴燕宾、张伟烈等中共党员到布吉的草埔小学，开展抗日救亡工作。在龙岗和坪山，南临委也派了陈铭炎、黎孟持、黎伯枢、付觉明等中共党员去小学教书。他们的任务是以教书为掩护，开展抗日救亡运动，发展党的组织。

　　1937 年 7 月 7 日，卢沟桥事变发生，日本全面侵华开始。不久，国共两党重新握手，形成了万众瞩目的抗日民族统一战线，华南党组织的重建进度也进一步加快了。

　　这天，梁金生来到族长二叔公家里，商量创办中学的事宜。

"二叔公，我家外来人口较多，我跟阿妈商量了一下，想把笋岗的几亩祖田卖了，所得收益用来创办一所民族中学。"梁金生认真地对二叔公说道，"我是为了给村里的孩子们办一所新式的中学，让孩子们学习科学和文化知识，将来比我更加有出息，这个不算对不起列祖列宗吧？""好孩子，你真是我们梁氏家族的骄傲，既然你都这样说了，叔公全力支持你，也找找族里的其他长辈帮你募集一些费用，把这个新式中学办起来再说。"二叔公欣慰地拍了拍梁金生的肩膀。于是，拿着变卖祖田及募集来的近2000块大洋经费，梁金生创办了民族中学，并担任校长。他以此为基地，培养进步学生，组织抗日自卫队、宣传队，发动群众开展抗日救亡运动，同时，也以学校作为地下党的联络据点。

天空万里无云，破旧的教室里，孩子们今天到得特别齐，因为他们都在等着金生校长来上课。只见梁校长夹着教案，匆匆走向讲台，拿出粉笔，在黑板上工整地写下了《抗日民谣》的歌词："竹板打来闹洋洋，讲着日贼心就伤；几十年前到今日，无时不来争地方。无时不来争地方，九月十八夺沈阳；只因抗战不坚决，失地一方又一方。失地一方又一方，沦陷辽宁黑龙江；吉林热河也失去，日贼越来越猖狂。日贼越来越猖狂，又占平津攻长江；大队兵舰犯上海，飞机隆隆炸地方。飞机隆隆炸地方，汉奸叫喊日本强；抗战自卫无必要，国家灭亡当平常。""来，孩子们，跟着校长一起来唱！"梁金生用抑扬顿挫的语调，带着学生们唱起了他昨晚专门为抗日救亡而创作的歌谣。幼稚的童声和老师雄浑的声音混合在一起，传递出中华民族抗日的坚定力量，飘荡在校园的上空，久久回荡。

1938年，在广西省教育厅厅长雷沛鸿介绍下，梁金生到宝安县立第一中学任校长，算是有了一个正式的、有工资的官方身份。他充分利用这一基地，发展党的组织，宣传党团结起来抗日救国的主张，大大推动了全县团结一致，抗日救国形势的发展。他以一中校长的身份在《宝安抗战周刊》和《宝安青年》上发表宣传团结起来抗日救国主张的文章。梁金生在发表于《宝安青年》的署名文章《五四与中国教育》中写道：

多难而伟大的五月又来了。

五一，他带了光明的前途给世界劳苦的人们，五三，他带了济南惨案的耻辱给我们，五四，又为全国学生群最光荣的日子，其他如五七，五九，五卅……等事件，我们前方忠勇的将士们，正在东西北三战场，用鲜红的血肉来和敌人清算！①

日寇的铁骑越来越近，组织安排已经暴露抗日主张的梁金生尽快前往延安。1938年7月，梁金生带领宝安县立第一中学的一个老师、三个学生和他8岁的女儿梁汉莲奔赴延安，投身到共产党的队伍中去。临别时，梁金生与学生们依依惜别，相互留言勉励。梁金生在给学生会的留言中这样勉励学生：

1938年3月4日，我到了宝安县立第一中学服务。这下面的

---

① 引自梁金生烈士纪念馆展出的历史档案《宝安青年》第三期，五月专号。

一群就是我可爱的学生，对于他们，我抱着无穷的希望，因为中华民族的自由解放，全在他们的肩膀上！

我打算永远地站在他们前头，所以，我要他们把他们的内心志趣写在这本小册子里，给我有个帮助他们工作的机会！

因此，同学们！你们毫无掩饰地把你们的志趣写出来吧！

民国二十七年六月十五日[1]

1938 年 10 月，日寇登陆大亚湾澳头，闯进南海，10 月 22 日，5000 余名日军攻占大鹏所城，随后又攻击深圳镇和南头县城。此时东江纵队的创始人之一、中共党员曾生终于实现了回到家乡组织抗日救亡工作的夙愿。一段荡气回肠的华南抗战历史也随着东江纵队的成立拉开了序幕。

---

[1] 引自梁金生烈士纪念馆展出的历史档案《梁金生民国二十七年六月十五日笔记原稿》。

第五章　国计民生　感动延安

创办药厂

1938年7月，梁金生到延安后，进入中国人民抗日军事政治大学（简称"抗大"）一大队学习。1939年1月，从"抗大"毕业后，由于有丰富的办学和教书经验，他被组织分配到中央职工委员会工作，参与筹办工人学校。办学校对梁金生来说是一件轻车熟路的事情，根据以前在广西、广东办学的经验，他认为首要解决的是工人学校的经费问题和边区缺医少药的困难。经过一番调查研究和论证，他拟出了开办中央合作社的计划，交给组织审批，得到中央财政经济委员会第一副主任李富春的赏识，并受到了专门的接见。

李富春部长看着眼前这位黑瘦又儒雅的青年，热情地说道："好啊，你就是大名鼎鼎的梁校长啊，根据你的简历，你办学经验很丰富嘛。说说，你对办工人学校有什么看法？"

"报告首长，我是暨南学堂师范专科的华侨毕业生，曾经在家乡广东和广西兴办过许多所学校。古人云：兵马未动，粮草先行。办学校首要的就是解决经费问题，没有经费就没有办法买教具，没有办法请教员，也没有办法解决吃饭的问题。我建议边区政府创办一些合作社，特别是跟药材医疗有关的合作社或工厂，通过生产急需的药材和医疗卫生用品，一方面可以缓解前线战士缺医少药的困难，另一方面又可以成为边区政府的财政来源，当然也包括办学校的经费来源。"梁金生根据自己的经验和研究结果侃侃而谈。

"很好，我们财政部就缺你这样的人才啊。这样，你别干学校了，直接来财政部上班，参与筹备制药厂吧。我一会儿就跟毛主席他们汇报。说干就干，你回去准备一下到我这里来报到吧。"李富春赞赏地看着梁金生，不由得对他竖起了大拇指！

很快，梁金生被调到中财部，负责开办光华制药厂，并任厂长。他带领该厂员工研制出 30 多种便于群众和前线部队使用的膏、丹、丸、散等中成药，临床证明百分之六十以上都有疗效。梁金生不仅办厂制药，还潜心于中西医理论研究工作，对抗战时期中国医药事业的发展作出了很大的贡献。1941 年 6 月，他倡导成立了中西医研究室，出版了《国药通讯》（半月刊）。1941 年 9 月，在延安召开的中医研究会第二次代表大会上，他无私地公开了祖传的秘方。

医结良缘

梁金生在延安治病小有名气，从当时的报纸上可以看到：当时药厂门市关闭后，在各方纷纷要求下，药厂又重新登出梁医生的门诊时间。此外，梁金生还担任陕甘宁边区第二届参议会参议员、《解放日报》通讯员，是延安文艺座谈会成员、陕甘宁边区文化协会第一次代表会的执委会成员和主席团成员，担任国医研究会常委，医药研究会执行委员等多项职务。

1940年的一个冬天，天气干冷干冷的，北风在窑洞外呼啸着，梁金生正在药厂的门诊坐诊，突然来了两名女知识青年，听口音应该是外地来的。"梁大夫你好，我们是边区政府教育厅的干事，我叫姚欣华，这位是我的妹妹姚淑平。我们是慕名来看病的。"姐姐姚欣华主动跟梁金生打了招呼。梁金生客气地邀请她们坐下，开始望闻问切。听说妹妹姚淑平的咳嗽已经持续两个多月了，梁金生认真地询问了妹妹的病情。片刻，他为姚淑平开了两服药，语重心长地嘱咐道："此药属挥发性药，一服煎三次，药煮沸后，小火滚几分钟再投后加药，煮沸即成。第一煎一定要晚上睡前服。按此方法煎药和服用，两服药服完，包你咳嗽痊愈。""真的这么灵吗？"姚淑平一脸难以置信，还轻轻地咳嗽了一下。梁金生不由得仔细打量了一下面前的姚淑平，只见她剪着短发，鹅蛋脸，一看就是温柔贤惠的女孩子，又听到她不停地咳嗽，心里顿生爱怜，"放心吧，喝了我的药保准止住你的咳嗽。"姐姐一听，连忙答道："行。但我们带的钱不多，梁大夫，可以先抓一服试试吗？""没问题的，一定要按我说的方法来煎服哦。"梁金生再次叮嘱。姐妹两人抓完药后就匆匆告辞回去了。这件事情也就这样过去了。

梁金生依然日复一日地干着自己制药厂厂长的工作。这天，他忙完药厂的日常工作，又像平时一样，到药厂的门诊给人民群众看病。看完一名病人，一个短发的姑娘走了进来，一进门就说道："梁大夫，你医术真高明啊，服了您的药后，我的咳嗽明显好转了呢。"梁金生定睛一看，"哦，你是那天两姐妹一起来看病的姑娘吧？""是的，梁大夫，我就是那天看咳嗽的妹妹姚淑平。你的药真神奇，那天晚上我按照你的要求煎服，夜里果然睡得很好，第二天清晨起床就不咳嗽了呢。我今天是特意过来谢谢你的。"姚淑平满脸笑容地看着这位儒雅的梁大夫。梁金生被一位年轻的姑娘直直地盯着，顿时脸红起来："不用谢，不用谢，这是我应该做的。"之后的日子，姚淑平总是找理由来探望梁金生，说是来跟他学习中医的。平时也书信不断，再后来两人建立了深厚的革命感情，1941 年 8 月 1 日，梁金生与姚淑平结婚。从结婚到梁金生被派往越南，直至牺牲，姚淑平与梁金生仅在一起生活了四年零几天，但姚淑平对梁金生的爱深如大海，无论是在战火纷飞的年代，还是在反复的运动中，姚淑平始终保存着梁金生的遗物。

促中西医结合

中共中央于 1942 年 5 月 2 日至 23 日在延安杨家岭召开了延安文艺座谈会。毛泽东在会上作"引言"指出：会议的目的是要和大家交换意见，"求得革命文艺的正确发展，求得革命文艺对其他革命工作更好的协助，借以打倒我们民族的敌人，完成民族解放的任务"。文艺要很好地"作为团结人民、教育人民、打击敌人、消灭敌人的有力的武器"。毛泽东在最后一天作的结论中，针对会上讨论的问题，联系五四运动以来革命文艺运动的经验，从马克思主义理论高度，系统回答了文艺运动中有争论的问题，强调党的文艺工作者必须从根本上解决立场、态度问题，阐明革命文艺为人民群众，首先是为工农兵服务的根本方向。此次会议对于文艺界的整风运动起了积极的推进作用，也促进了各抗日根据地文艺运动的发展。

会上，梁金生的工作受到了表彰。其间梁金生还跟毛主席有一次针对发展中国中医药事业的促膝长谈。在毛主席警卫员的指引下，梁金生来到了主席的办公室。主席一米八的个子，一双眼睛炯炯有神，一见到梁金生，就伸出他那双温暖的大手，跟梁金生紧紧地握在了一起："金生同志，你很了不起嘛，帮助边区政府创办了光华制药厂，逐步缓解了边区和前线缺医少药的困境，而且还增加了边区政府的财政收入，我要代表党中央和边区政府感谢你哦。""岂敢岂敢，主席言重了，我出自中医世家，又在暨南学堂自学过一些医学知识，作为一名共产党员，这是我分内之事呢。"听到主席夸赞，梁金生谦虚地连连摆手。"金生同志啊，我最近在边区的《解放日报》看到了很多你关于中西医结合方面的研究文章，很受启发呀。今天叫你来是想跟你商量一下中国医药事业的发展问题呢，不知你有什么看法呀？"主席诚恳地问道。"主席啊，既然您这样问，金生也就知无不言言无不尽了。我觉得不管是西医还是中医，都是各有优势的，全部偏重西医，我们边区经济环境不好，不太现实，倒是中医的很多中草药，物美价廉，可以补齐短板呢。我们应该取长补短啊。""很好，很好！"主席不停地点头。在主席的推动下，发展中医药事业的方针政策提出"中西医结合"，倡导中医科学化、西医中国化，持续落实中西医合作。新中国成立后，这些既定方针政策依然保留和沿用。

女子大学

1939 年，中共中央在延安创办了中国女子大学，毛泽东、周恩来等中共中央领导人出席了开学典礼并讲话。

中国女子大学是中国共产党为了培养妇女干部、吸收敌占区的爱国女知识青年参加抗日救亡工作所创办的一所学校，校址在延安北门外一带的土窑洞里。校长原为王明，后由李富春担任，副校长柯庆施、林莎，教育长张琴秋，总务处长吴朝祥。全校学员 1000 多人，来自全国 27 省（包括台湾）。她们中有参加过"一二·九"运动的女工，有刚从敌人监狱里逃出来的女同志，有经历过长征的工农女干部，也有从敌占区来的出身不同的青年女学生。从入学文化程度上看，有大学生、中学生，也有不识字但有丰富战斗经验的女战士。学生年龄大多在 18 到 22 岁之间。

学校按学员文化程度分别编为普通班、高级班、陕干班与特别班。普通班学员是从敌占区来的初、高中文化程度的爱国女青年。高级班中，有一部分是红军中的妇女领导干部，还有一部分是从敌占区来的女高级知识分子。陕干班是专门培养边区妇女工作干部的。特别班学员则是经历过长征，有一定的战斗经验，但文化水平较低的工农干部。

女大的教育方针为"以养成具有斗争理论基础，革命工作方法，妇女运动专长和相当职业技能等抗战建国知识的妇女干部为目的"，废除静止地、孤立地研究马列主义的方针，提倡理论与实际结合的学风。毛泽东、周恩来、邓颖超、博古等都曾亲自为女大讲中共党史课。课程内容主要有政治经济学、社会发展史、近代史、抗日游击战争及抗日民族统一战线、新民主主义、中国共产党问题、妇女运动等。高级班内还分为马列主义、政治经济、中国问题等系。学员可以根据自己的情况参加某一个系做专门研究。1940 年 9 月，高级班扩大到 90 余人。特别班有识字课、政治课、妇女工作课等。此外，还设有选修课、外语课、新闻学速记技术、会计、医药等职业课程。教员大部分由各机关干部兼任。

在陕甘宁边区物质生活极为困难的年月，学校提出"半农半学"的号召，学员自己动手，开荒种菜。女大的条件非常简陋，课堂雨天设在窑洞，晴天设在树林中。生活虽艰苦，但学员们精神饱满、心情愉快、身体健康。

女大先后向各部队输送了 1000 多名优秀妇女干部，她们为革命作出了贡献。1941 年 9 月，女大与其他学校合并为延安大学。中国女子大学的许多女性展现了非凡的人生，火与剑在她们的生命里刻下了痛苦与光荣，许多秘密和故事至今仍鲜为人知。

梁金生同志曾经在女子大学担任生理卫生课教员。女子大学毕业生伍真在 1987 年的回忆录中写道："我认识梁金生同志是在 1939 年前后，当时我是中国女子大学学生，第一次见到梁金生同志是在陕甘宁边区文化协会的第一次代表大会上。毛泽东同志在女大礼堂为我们讲《新民主主义论》，分几次讲，讲了几天，中间穿插着其他一些讲座。梁金生就在这时为学员讲授了祖国医药卫生知识。梁金生同志被聘为女子大学的生理卫生教员。他讲课认真，生动形象，使我学到了许多有用的知识。后来我到农村去搞妇女工作时，除了联系群众，向群众宣传外，还为群众解除病痛，有效地推动了妇女工作的开展。记得我参加女大妇女工作团到陇东时，毛泽东同志请陕甘宁边区医院院长傅连暲同志和光华制药厂厂长梁金生同志教给我们医疗上许多行之有效的'单方''秘方'。到陇东后，正值秋冬，感冒流行，我就用白菜根汤、生姜红糖水等方剂治好了不少老百姓，还用鸡蛋清涂患处治愈了一位老太太的腮腺炎，使农村妇女们不再相信巫医了。老百姓高兴地说：'工作团的女同志能得很，真是我们的知心人！'我听了很高兴，暗暗感谢梁老师。"

屡救侨胞

在共产国际工作的越南同志黄正光、袁挺炳和李斑工作结束回越南，途经中国时遇上中国的抗日战争，回国受阻，他们决定到延安参加中国的革命。

因梁金生会英语、法语、越南语、普通话和粤语，组织决定派梁金生去教三位越南同志讲中国话。三个月后，梁金生胜利完成任务并返回了驻地。

除了做好药厂及中西医理论研究的工作外，作为边区第二届参议会参议员，加上华侨的身份，梁金生对边区的统战工作，特别是华侨工作也颇有贡献。

黄正光，越南人，越南共产党创始人之一，曾留学苏联，为支持中国抗战来到延安，与毛泽东、朱德、周恩来、胡耀邦等建立了深厚的友谊。抗战胜利后，越共中央决定调黄正光回国工作。黄正光回国后改名阮庆全，先后任越南教育部部长、国家社会科学院院长。

1941 年的一天，梁金生与黄正光开完华侨会议准备回驻地。两人来到了延河边。

延河，是黄河的一级支流，陕北第二大河。在延安时期，延河是党中央和陕甘宁边区的重要水源，因此被称为中国革命的母亲河。延河与宝塔山是延安的重要地理标志。

可这一天的延河，对两人似乎不怎么友好。两人准备过河时，上游下了雷暴雨，山洪暴发。本来骑着马小心蹚水过河的两人，被突如其来的洪峰冲得人仰马翻。梁金生还好，从小熟悉水性，可不懂游水的黄正光就麻烦了，他紧紧地拽住马绳，仍旧差一点就被水冲走。说时迟那时快，危急时刻，梁金生一个漂亮的潜水，来到黄正光面前，用手扶住他，"莫慌莫慌，听我招呼，我能把你带上去"。梁金生拖着意识已经有点模糊的黄正光来到了河对岸，将他小心地搀扶到岸边一个较高的山坡上，看他脱离了危险，又去河里把马小心翼翼地领了过来。就这样，在不经意间，在延安河畔，越南华侨、中共党员梁金生同志为越南人民救下了一位教育部部长。从此之后，黄正光与梁金生成了无话不谈的莫逆之交。

还有一次，黄正光在延安不幸感染了急性肺炎，根据地没有足够的药，难以医治，梁金生不眠不休地守在黄正光床前，为他敷冷毛巾，换洗衣服，到处为他找有营养的食物。当时王震在南泥湾开荒，听到后特派人来接黄正光去疗养，那里资源丰富，小米、南瓜、红薯、羊肉、鸡蛋十分充足。每个休息日，梁金生都会骑马奔赴南泥湾看望黄正光，精心照顾他。精神好的时候，黄正光就在窑洞前晒晒太阳，给王震和梁金生讲他在苏联的传奇经历。几个月后，黄正光奇迹般地康复了。

多年以后，黄正光常常对他女儿武安娜说："我得了急性肺炎后，由于环境艰苦，我没吃一粒特效药，是南泥湾的空气、小米和王震的盛情招待，还有梁金生彻夜未眠的精心照顾让我重获新生。这是我大病康复的三大法宝。金生救了我的命，他是延安最好的大夫！"

坚持原则

1941 年年底，组织通知梁金生和药厂副厂长等三位同志去参加停办光华制药厂的会议。半夜回来，梁金生非常气愤。后来才知道，当时的某些领导人不赞成搞中西医合作，认为中医不科学，决定停办光华制药厂。梁金生在会上发表了不同意见，阐明中医比西医有不足之处，但也有独到之处。他认为中西医各有长短，要发展我国医药事业，必须走中西医合作道路，不能丢掉我们祖国的医道，应当继续办好光华制药厂，不能停办。尽管极力争取，但组织决定停办，还是要服从。

光华制药厂于 1939 年 3 月成立，厂址在延安城东 17 千米处的拐峁村（现宝塔区李渠镇尔村），建厂初期仅有35名工作人员。

该厂当初的主要任务是开发边区中草药，精制各种中成药，对历史悠久的中药学进行研究和开发利用。1936年，光华制药厂曾一度改称光华制药厂合作社。在此期间，制药厂分设制药间、研究间、碾药间、丸药间、干燥间、包装间、提炼间等生产组。

1941年5月1日，光华制药厂与边区卫生材料厂合并，对外仍称光华制药厂，原边区材料厂为该厂分厂，厂址迁往延安城南关的市场沟内。1947年3月，该厂撤离延安随军转战陕北。

1942年年初，陕甘宁边区教育厅厅长柳湜知道梁金生过去长期从事教育工作，就把他调到教育系统，委任他为陕甘宁边区第一保育院小学部校长兼党委书记。

保育小学

延安保育小学是抗日战争时期中国共产党创建的初级教育机构。其前身是1937年创办的鲁迅师范学校附设的小学班。1938年年初，小学班改称延安干部子弟小学，后与延安完全小学合并，改称鲁迅小学，后又更名陕甘宁边区中学附属小学。1938年年底，边区政府决定将边区中学附属小学并入保育院。为此，保育院在幼稚部、婴儿部的建制上又增设小学部，称为战时儿童保育院小学部（简称"保育小学"），吴燕生任小学部校长。1942年，中央组织部同意梁金生任保育小学校长。1945年6月，边区第二保育院成立，下半年，第二保育小学成立。解放战争初期，保育院和小学部分别从驻地撤离，转移疏散。

这一天早上，阳光照耀着杨家岭，在主席的窑洞办公室里，边区教育厅厅长柳湜和副厅长贺连城一起找主席汇报边区的教育工作。"主席啊，缺经费、缺教员、缺粮食，破校舍、破课桌、破教材，'三缺三破'就是目前我们保小乃至边区教育的现状啊。"贺连城单刀直入，将边区教育的现状直接跟主席做了汇报。"是的，是的，主席啊，除了'三缺三破'，还差一位懂教育的校长啊。"柳湜补充道。主席点燃了一根香烟，思绪也跟着袅袅的香烟飘出了窑洞，是啊，保育小学，是党中央收留和教育革命后代，特别是烈士后代的重要阵地，一方面关系到党的事业的未来，另一方面也关系到告慰先烈的问题，是要慎重对待。选兵必先选将，得为它挑一个好校长。选谁好呢？这时，一个人影突然浮现在主席的脑海中。"有了，"主席一拍大腿，"我有校长人选了，我跟你们推荐一个人。"说完，主席从案头拿出纸笔，在上面一挥而就，柳贺两人赶忙凑过来一看，只见信笺上，主席用飘逸的书法写了三个字：梁金生。

第三天，梁金生接到上级的通知，来到了柳湜的办公室。"梁厂长，梁大夫，梁议员！盼星星盼月亮，终于把你给盼来了！"柳湜紧紧地握住了梁金生的手。"不敢当，有什么指示，请领导直接交代。"梁金生有点惶恐了。"是这样的，金生同志，按主席的指示，我们准备成立一所保育小学，接纳革命干部子弟和烈士的遗孤。现在办学条件很困难，缺经费、缺教员、缺粮食，破校舍、破课桌、破教材，'三缺三破'，你是主席亲自点名的校长，不知道你有没有信心呢？"柳湜诚恳地看着梁金生。梁金生一听到是主席点名让他去当校长的，不由得热血上涌，"没得问题，没得问题，我好歹创办过几所学校，当过几任校长，保证完成任务，保证完成任务！""好，爽快人，那你交接一下，我代表边区教育厅给你签发一个委任状，你尽快去保育小学上任吧！"柳湜哈哈大笑，多日来的担忧终于烟消云散。

1942 年，梁金生被调到陕甘宁边区第一保育院小学部任校长。到校之后，梁金生立下军令状：半年改变保小面貌。他组织教职员工挖窑洞、修操场、建围墙，改善了学生的学习、生活、卫生环境，增强了学生体质，提高了教育质量，同时还建立农场，开展生产自救，提高了生活水平。他潜心研究儿童教育，提出了"教学做合一"的教育方针，并据此制订和实施了新的保小教育工作计划。半年后，延安保小突飞猛进，成为边区模范小学。

梁校长第一天上任时，教职工们听说大名鼎鼎的光华制药厂厂长梁金生调来当校长了，无不额手称庆，早早就来参加全校教职工大会。在破旧的会议室里，梁金生的发言至今仍振聋发聩："同志们，很高兴能调来做保育小学的校长，我是干事的人，我在这里就强调三点：第一，不能穷教育，上面经费不多，我们从今天开始就建立农场，自力更生，通过开展种植、养殖，办粉房、豆腐房，进行生产自救，增加学校的财政收入，提高教职工的生活水平；第二，不能苦孩子，我们从今天开始修操场、建围墙，改善学生的学习、生活、卫生环境，增强学生体质，提高教育质量；第三，不能忘教育，教育是一门关系国计民生的大学问，我们要不停地去研究它、丰富它、壮大它。最后，我立下军令状，争取用半年的时间，让保育小学的状况能有全面改善。"

梁金生这样说，也这样做了。他亲自办农场，发动了一场自力更生的生产自救运动。这天，后勤科的老王急匆匆地跑进梁金生的办公室："梁校长，我们已经把学校周围的农田全部开垦完毕了，现在的问题是种些什么呢？我们这帮教职员工，大字倒认识一箩筐，可农活却不怎么会呢。大部分都不怎么懂农学。""莫慌，老王，我来之前已经准备好了，农场的农田，一部分种一些中草药，我已经跟光华药厂采购科的同事商量好了，这里种的药材，他们会定期下来收购，要种的种子和草药，他们也给我们准备好了。另一部分种些高粱玉米之类的主粮，优良品种的种子，我也托南泥湾的王震将军捎过来了，他说有需要可以派人过来做指导员呢。剩下的部分就用来种些蔬菜和瓜果，供老师和娃娃们日常食用。你看看这样行不行哦？"老王听了，佩服得连连点头，连说了几句"中，中，中"，高兴地张罗去了。

客家豆腐

又过了几个月，梁金生闲来无事，决定到厨房去体验一下生活。保育小学的厨房在学校的后院，里面有好几个工作人员已经在忙碌着给老师和孩子们做午饭了。经过几个月的自产自销，饭堂食材的品种也丰富了起来，这天，大家难得磨了一桌的豆腐，准备给孩子们做顿豆腐菜，梁金生进来刚好看到大家在做豆腐。

"校长来了。"大家看到梁金生进来，都热情地跟他打招呼。"嗯，大伙准备做什么好菜呢？"梁金生问道。

大厨老李说："今天做了一桌豆腐，想着跟大家做豆腐炒肉片。"听到还有荤腥肉片了，梁金生高兴起来："有豆腐，有肉啊，要不我教大家一道客家酿豆腐吧。"

"客家酿豆腐？什么是酿豆腐？"老李疑惑地问道。

"客家酿豆腐是我们家乡的名菜呢，就是把肉剁成肉末，在豆腐中间划一道缝，将调好的肉馅塞到里面，再放到锅里煎熟，一道美味的客家酿豆腐就做成了。"梁金生饶有兴趣地回答道，思绪回到了他魂牵梦萦的广东家乡，仿佛正坐在餐桌前享用着妈妈做的酿豆腐。

"那，为什么叫客家酿豆腐啊？客家是什么意思？"老李又问。

"客家是指客家人，是古时候从中原地区迁移到南方地区的汉族人，据说他们怀念中原地区用面粉做的饺子，所以就发明了酿豆腐来代替。"梁金生又兴奋地答道。

"哦，明白了。"现场的工作人员第一次了解到了客家人和客家酿豆腐的典故，不由得对梁校长又佩服了几分。

教育思想

1935年9月1日出版的《暑声》特刊全面地展示了梁金生的教育思想，选摘如下[①]：

一、教育的原理

1.教育不但发展而且有生长。

2.教育是动的东西，不是静的死物。

3.教育是整个性的。

学校的教育是有定式的教育，社会教育是无定式的教育，但都是教育，二者不能偏重——教育是具有整个性的东西，谁都不能否认。

4.教育是有工具性的东西。

教育必借赖政治的力量之推动，才易成功。

5.教育是一种民族行为。

[①] 引自梁金生烈士纪念馆展出的历史档案：1935年9月1日出版的《暑声》特刊刊载的梁金生教育论文。

二、教育的内容

1. 实施大众教育。

2. 实施爱国教育。

3. 实施生产教育。

三、教育方法

1. 教育与劳动合作。（学问与劳动合作）

不但能说、能想，而且能在做上想，在说上想，在行上想；不但能享乐，而且能创造！打破素来"学而优则仕"和"劳心者治人，劳力者治于人"的传统观念。

2. 互教共学。

知者教人，不知者跟人学，不分贫富贵贱老少，大家在这互教共学的教育方法之下，不断地长进。

3. 以教己者教人。

教师以教己者教人，以教人者勉己。

4. 教育与政治合作。（学问、劳动与政治合作）

人类不能离开社会生活，就不能脱离政治的关系。无论政治的本身上怎样好，怎样革命，假使没有民主的学问和劳力的帮助和合作，则断不能表现它原有的功能和完成它所抱负的伟大使命！因此，我们不得不提倡学问劳动与政治合作，以为指引全省甚至全国儿童及成年民众协助政府（政府即政治权力的代表机构）完成改造中华文明的不二法门。

为党育才

梁金生提倡教育与政治合作，在保小进行政治教育，严肃学校纪律。学生们明确学习目的，更加努力学习，成绩大大提高。梁校长还亲自组织孩子们开民主生活会，培养他们的民主作风和自我管理的能力。

这是一次别开生面的民主生活会，他们当中大部分是天真无邪的孩子，有延安机关干部的子弟，也有很多烈士遗孤。"孩子们，我是你们的校长梁金生，也是一名共产党员，今天梁校长给你们上一堂重要的民主生活课。"梁金生走上他熟悉的讲台，郑重其事地给孩子们开起了民主生活会。"同学们，本来啊，民主生活会是我们中国共产党党员们定期召开的一个内部会议，它主要的内容就是批评与自我批评，一方面查找自己在生活、学习、工作中的不足，另一方面也查找周围的同志或同学们在生活、学习、工作中的不同。正是因为有了这个民主生活会，才让党员们能够及时纠正自己的错误，找到正确的方向，从而使党变得更加伟大和坚强。"梁校长继续补充道，"你们当中大部分人的爸爸和妈妈都是共产党员，他们为了解放受苦受难的中国同胞，为了推翻压迫在中国人民头上的三座大山，坚定地跟着共产党，跟着毛主席，努力奋斗着，有些人甚至为了共产主义献出了自己的生命。所以你们呀，要从小树立伟大的革命理想，继承先辈的遗志，学好本领，为建设一个没有压迫、没有剥削的新中国努力奋斗，好不好？"梁校长郑重地问道。

"好！好！好！"下面传来一阵清脆而又坚定的童声。

"好，下面我们就开始我们保育小学自己的民主生活会吧。大家把自己的缺点和对同学的建议都干脆地提出来吧！"梁金生动员完就走下了讲台，保育小学学生们的第一次民主生活会就这样正式开始了。

多年以后，在这群雏鹰里，走出了一位位新中国的栋梁，包括彭湃之子——我国核动力领域的开拓者和奠基人之一，著名的核动力专家，曾任中国核潜艇首任总设计师、水利电力部副部长、大亚湾核电厂董事长等的彭士禄；曾任国务院总理、第九届全国人民代表大会常务委员会委员长的李鹏；曾任中国社会科学院院长、党组书记，第十届全国人大常委会副委员长的李铁映；刘伯承元帅的长子，曾任空军指挥学院副院长的刘太行。

保小回忆

在保育小学就读过的高耶夫同志的回忆录显示：在青年救国会的大力推荐下，经边区政府教育厅反复呈请，1942 年，中央组织部同意梁金生主管保小。梁校长到任后，向教育厅立下军令状：半年改变保小面貌，建成边区模范小学。

1942 年夏，学校利用暑期时间，对保小教室、宿舍和周边环境分别进行了整修。多年来一直和保小师生混住在一起的居民和牲畜全部迁出。学校里划出了生活居住区和教学区，每个班有了固定的教室，每两人合用一张课桌，各人的课本和文具可以放在抽屉里，每人一张凳子，可以移动使用。同学们可以在教室吃饭，再也不用蹲在院子里和屋檐下吃。新掘二十几孔土窑，所有窑洞用石灰粉刷一遍，消灭了臭虫、壁虱，改善了室内光线。拆除全部土炕，换成木板通铺。按年级划分居住区，高年级住山坡上，低年级住离教学区、集体活动场所近的低处。保育员与级任老师随所在年级居住，生活、学习一体化管理，24 小时负责。新修了大操场、设置了篮球架，原来的操场做了低年级的游戏场，增设了秋千、平梯、独木桥、单杠、双杠、高低杠、跷跷板等体育、游戏设施。在大操场的一边，新修了大灶房，设有隔蝇暗道。新凿了一口水井，告别了多年来吃河水的历史。运输队、饲养室、作坊等总务机构被集中安置在远离教学区和生活区的地方。整个学校用土围墙圈了起来，群众的牛羊、鸡狗，社会上的闲人、商贩都被隔离在外，形成一个清洁宁静的学习环境。翻修扩建了礼堂，梁校长题写的"保小礼堂"四个大字镶嵌在大门正中。门前是集体活动的集中点，一条直道直通校门，成了出入学校的唯一通道。节假日少先队在门口设岗，任何未获准的学生和无人带领的低年级小同学出不了校门。不到半年，保小焕然一新。

1942 年是陕甘宁边区最困难的一年。陕甘宁边区遭受国民党的军事封锁和经济封锁，物资极度匮乏。保育生不断地增加，国际救济总会只按 500 名学生名额供应的经费经常不能按时汇到。就是这一项专款，皖南事变后也基本上断了来源。偶尔获得一点钱物，也是周恩来和邓颖超在重庆大费周折争取所得。保育院开办之初，一度获得中国福利基金会、民权保障同盟的热心捐款。国际救济总会还捐赠了衣物、药品和食品。宋庆龄先生的个人捐赠委托周恩来直接带到延安……尽管如此，保育院与小学部经过扩充、增设，两次搬迁，院校两址新建，经费入不敷出。边区物资因匮乏而价格昂贵，有些必需品甚至根本买不到。1941 年，小学部仅学生已达 415 名，工作人员 94 名，而边区政府每月拨给保育院的经费只有 100 元。遇上干旱时，全边区军民紧急动员"防旱备荒"，开展大生产运动，广泛实行生产自救。在此十分困难的情况下，虽然保育院全体工作人员主动放弃总会的薪俸，将之全部用于儿童保育，也难以弥补经费的不足。于是，除勤俭节约、紧缩开支、合理筹办各项事业外，在大生产运动的号召下，保育院与小学部都创设了生产机构，建起磨坊、粉坊、豆腐坊，开展养殖、屠宰、放牧、种菜、种粮。自己做豆腐、做粉条，下料喂猪、鸡、鸭。通过生产自救基本做到了蔬菜自给，夏季每隔两三日，还发给每个同学一个大大的西红柿，每天保证一大碗豆浆和一个蒸馍。在最困难的时候，肉、蛋、豆腐、粉条、面食均能调剂供应，并能保证婴儿部、乳儿部乳品食物的供应。保育生吃中灶的规定，基本可以做到。小学部高年级学生还参加力所能及的粮、菜生产，既部分解决了粮菜供应问题，又直接向粮农、菜农学习，增进了农业知识，养成热爱劳动、敬爱劳动人民的思想感情，同时锻炼了身体。在师生的共同努力下，终于顺利度过了困难的 1942 年和 1943 年。

1943 年秋，小学部已经发展到半山坡上。课余时间，大树下、院子里、教室前、游戏场上、阅览室里到处都是孩子们的身影。有的唱歌、跳绳、玩耍，有的写作业、做手工。同学们最爱唱的歌曲是由梁校长作词、雪原老师谱曲的《保小就是我们的家》。歌词大意是："共产党是我们的妈妈，保育小学是我们的家，生活在革命的大家庭，我们大伙儿在一起，在一起。打篮球拉二胡，攀杠子下象棋，学习有进步，玩耍得快乐，保小是我们自己的家。哥哥帮助小弟弟，姐姐帮助小妹妹，咱们吃得白又胖，咱们乐得笑哈哈。"因为照明条件差，晚间没有自习课，所以学生们围着老师、保育员听抗日除奸故事或讨论学习，有时宣讲优秀著作。低年级则是以游戏活动为主，玩捉迷藏、丢手绢、老鹰抓小鸡等。

1943 年是保育小学发展变化最大的时期，边区政府、教育厅多次来人视察，中共第一代领导集体成员任弼时、八路军总司令朱德，还有王首道、王震将军都来看望过，保育小学成为边区保育教育的模范。安塞县组织师生与保小联欢。保小学生的作业、手工制品被拿到延安展览，引来境内外各界的称赞。周恩来同志把这些作业和手工制品带到重庆，获得中国战时儿童保育总会的一致好评。这时的保育小学名扬大后方和各解放区抗日根据地，经常接待参观来访者，先后有李公朴、沈雁冰、陈瑾昆、黄齐生、赵超构（林放）诸先生来过。新西兰朋友路易·艾黎为保育小学师生拍下了珍贵的合影；廖梦醒受宋庆龄委托专程来看望；英国医学专家马海德大夫欣然允诺担任保育院的卫生顾问；《新中华报》《边区群众报》《解放日报》和新华社多次对保小进行采访报道。保小学生中涌现了许多优秀人才，如"小演说家"项苏云、陈涌岷，"小画家"洪小灵，"小政治家"于龙江，少先队"小司令"刘德才等。保小学生还参加了延安运动会、"四四"儿童节、儿童作品展、歌咏体操赛、边区少先队总检阅等活动，获得多项冠军。学校还根据儿童的爱好，成立了文学社、工艺美术社、歌咏队、美术写生队、学生会和少儿组织，建立了图书馆和阅览室等。后来，边区政府确定保育小学开放，迎接中外记者参观团，又派来画家钟灵，除授课外，他还负责接待事宜。

延安保育院、保育小学以及延安中学在延安、在边区、在中国革命史上是十分独特的，在中国教育史上是少见的，甚至是仅有的。保育小学有优秀的育教人才，保育员普遍具有组织领导能力。她们有文化，有光荣的革命斗争经历。为了革命事业，她们听从组织调遣，离开原来的岗位，走出虽然贫困却也温暖的小家庭，默默地肩负起育教儿童的重担，她们是革命队伍中杰出的女性。

特别是一批热心儿童教育的老师、先生，他们抱着抗日救国的满腔热情投奔延安，经过在陕北公学、抗大、泽东青年干部学校、中国女子大学、鲁迅艺术学院、陕甘宁边区师范学校的深造，一心报效祖国。他们中有毛泽东的弟媳周文楠、冼星海的妻子钱韵玲、萧三的妹妹萧坤、王志匀校长的爱人董秀峰、吴燕生校长的妻子任义、梁金生校长的妻子姚淑平，以及宋野峰、贾玉杰、朱光、黄克、任林、萧鸣、臧琦、权志华、谢荣、彭镜秋、李荣棣、胡林、易岚、胡楠、雪原、鲁争、王鹤田、黄薇、谭天、李明盛、李生智、李斯斌、陈梦轩、黄仪修、王养植、赵维平、黄泛昌、李烈、李毅、高锦涛、王荣、程迈、郑力、刘真、曲军、张克、李晋召、汪培芝、苏确、聂耶、姚新华、钟灵、东明、龙天雨、王敏、闻峰、赵歧纪、孙汝常、王海仕等。他们从不懂教育到热爱儿童教育，成了保育生的贴心人。他们用汗水浇灌耕耘、培育了一大批革命后代，把热血抛洒在延安，把青春献给了党的保育教育事业，是他们认真地贯彻了党的保育教育方针，培植了新中国的建设者。

1945 年，中共七大后，党中央派出大批干部到敌后、各条战线、各个战场，他们有的带走了接受保育教育的孩子；有的为了方便隐蔽、通过封锁进入新区开展工作，把身边的孩子留在了延安，送入保育院，边区保育生仍在不断增加。同年 5 月，黄杰出任保育院第五任院长。6 月，边区第二保育院（今北京市六一幼儿园）成立。下半年，第二保育小学也在宝塔山下诞生。7 月，小学部第九班毕业，有韩秉义、郭玲希、李光朱（李光）、陈建宇、徐宁、董静、毛海英、刘培光、高耶夫、赵国华、王德胜（王苏坡）、曹凯成、史一克、刘宁女（刘宁）、赵文英、董秉洁、高仪、郭雅儒、李蜀华（李立）、王黎明等30余人，这是当时保小毕业人数最多的一个班。

小学部毕业的每个班都给母校留下了纪念品，锦旗、画幅、签名字幛、对子、挂匾等，悬挂或陈列在教导科或成绩室。九班的同学们用生产获得的收入买了两尺缎子，由女同学们动手缝成一面锦旗，但写什么字定不下来。当时的级任老师（班主任）萧鸣先生出题，要每个同学写一句留给母校的话，他对30多句留言一一评议，最后认定韩秉义同学写的"培养革命后代"几个字寓意深远，能表达众人心愿，于是以第九班全体同学的名义，在锦旗上绣了这六个字。毕业典礼后，这面锦旗便一直挂在教师办公室。

第九班升入延安中学两周后，日军投降。抗日战争胜利结束，人心欢跃。当年冬，第十班毕业，毕业生有刘鸿鹏、刘易成、周小虎（颜一鸣）、高育、白雪、马探雄、李燕、王育德、郭建成、刘纪文、张础、吴成印、吴林、王建同、郭丙森、赵明、白金娥、马桂珍、王大利、连厚祖等20多人，他们全部升入延安中学，在罗家坪学习。

1946年，中国战时儿童保育会在重庆正式宣布结束。由此，陕甘宁边区战时儿童保育分会也不复存在，但边区政府民政厅保育科仍继续存在，边区的保育教育工作没有终止。在党中央、边区政府的关怀领导下，边区保育教育工作日益发展，并经受了前所未有的战火考验。

解放战争初期，保育院及小学部分别从驻地撤离，转移疏散，随军转战三千里，谱写出孩子们的长征史诗。

第六章　中越之光　血洒越南

驰援越南

1945 年 8 月 13 日，毛泽东在延安干部会议上做题为《抗日战争胜利后的时局和我们的方针》的演讲，科学地预测抗日战争阶段过去后时局发展的方向，提出中国共产党关于争取和平发展和反对内战并准备应对内战的方针，指出：一方面要尽力争取和平民主，使内战限制在局部的范围，或者推迟全面内战爆发的时间；另一方面必须对蒋介石发动内战的阴谋有充分认识，对帝国主义和反动派不抱幻想，不怕威胁，准备以爱国的正义的革命的战争，打败一切中外反动派，建立无产阶级领导的人民大众的新民主主义的新中国。

1945 年 8 月 15 日，日本投降，抗日战争胜利了。胡志明提出把在延安工作的越南同志和越南华侨派回越南工作。中共中央决定派洪水、黄正光、梁金生等同志回越南工作。

出发前，毛主席、朱德总司令和周恩来同志亲自接见了他们并与他们进行了谈话。"请毛主席、朱老总、恩来同志放心，我们一定会把越南的工作搞好，搞扎实，不辜负党中央和毛主席对我们的厚爱！"梁金生是这样表决心的，也是这样做的，从他奔赴越南前给妻子发回的家书中可以看出他的决心。

平最慈祥的好妈妈：

我想小平能得像你这样的妈妈，他是幸福不过了；我也是快乐不过了！布我买到三幅共二丈一尺，每尺二十二元五角，计共四百七十元。最近百物涨价，这布二十五元一尺，因我是股东才照本卖的。

工作忙极，自不在话下，你是可以想象而知的。日来常外出晚归，月光照耀清澈大地。"人生几得月当头"，谨献给你拙诗一首：

六日相思胜似年，悄悄月夜踱窗前。

英雄未必无情者，先公后私界线明。

1945年8月底，洪水、黄正光、梁金生等人和周恩来同志到达越南后，胡志明在河内的居住地设宴热情地接待了这几位老熟人和老战友。

说是宴会，其实也就是一个家庭饭局。胡志明用越南语跟大家唠了一阵家常后，就开始谈起了工作安排。

"梁金生同志懂越南语、法语、英语，又会讲广东客家话和广西话，且精通中医，便于联络人，就先分配到党中央做统战工作吧。"他习惯性地捋了一下胡须，看向梁金生。

"一切听从组织安排。"梁金生爽快地回答。

"洪水同志，由于你具有丰富的军事经验，就到军队去开展武装斗争工作，可以吧？"胡志明又对洪水征询道。

"正合我意，谢谢胡主席。"洪水也爽快地答应了。

"正光同志长期在延安教育系统工作，就请你负责发展越南的教育事业吧。"胡主席关切地望着黄正光。

"服从组织安排！"黄正光答应道。

就这样，梁金生同志开始了他在越南的统战工作。

1945年9月，胡志明在河内发表《独立宣言》，宣告越南民主共和国成立。于是，中国北部边境的关口设置问题和两国的贸易及交通往来问题就需要跟国民党当局进行深入的谈判和协商。

日本宣布投降后，中国国民政府军队根据盟军最高统帅部命令，进入越南北纬16度线以北地区接受日军投降。后来蒋介石顶不住英法的压力，又加上忙于发动内战，因而放弃了先前打算扶助越南独立的意图，在法国承诺做出一些让步后，命令入越受降的中国军队将防地移交给法军接管后全部撤出越南。曾经在日本人打来时落荒而逃的法国人又卷土重来，意图继续在印度支那维持殖民统治。为了求得国家独立，胡志明采取建立统一战线的策略，果断举行全国大选，成立了多党联合政府，而后与法国举行谈判。

经过多轮讨价还价，双方相继达成了《法越初步协定》和《法越临时协定》，规定双方停止一切敌对行为和暴力行动，法方承认越南是一个自由的国家，拥有自己的政府、国会、军队和财政，是印支和法兰西联邦的一部分，并且尊重越南南方人民的民主自由权利；越方同意法军进驻越南北方，并在越南享有经济、文化利益的"优先地位"。但是在越南未来的地位、自主外交权、南北方合并等问题上，双方存在原则上的分歧，没能解决问题。后双方同意将于1947年1月重新进行谈判。

然而，法国根本无意承认越南作为一个独立国家，甚至连自治都不允许，所谓谈判不过是争取时间加紧进行战争准备。1946年12月19日，法国悍然撕毁《法越临时协定》，其驻越北军队炮击河内，随后发动了对越南的全面武装进攻。胡志明当即发出《全国抗战号召书》，越盟中央也发出《全民抗战的指示》，就此拉开了越南抗法战争的大幕。战争初期，由于法国殖民军武器先进兵力雄厚，越盟军队装备原始力量弱小，虽奋力抗战仍难抵挡，胡志明不得不和越盟政权撤出城市转入农村，继续坚持游击战争。

这一段时期是非常艰难的，单靠越盟自己的力量根本难以取胜，胡志明不得不努力四处求援。当时中国正处在解放战争的激烈进程中，胡志明理所当然地要求老大哥苏联给予自己援助。然而斯大林的战略重点是在欧洲，力图维持与美国的平衡关系，保住苏联在雅尔塔体系中得到的成果，对中国革命都不看好，更不要说越南革命了，所以苏联并没有给越盟以多少实际的帮助。

当时越南大部分地区和交通线都被法国殖民者占领。在法军的不断扫荡下，越盟控制的解放区被分割成互不相连的若干小块，且日益被压缩。越盟中央在两个警卫连护卫下隐藏在越北太原、宣化交界处的山林里，越盟军队则缺粮少弹，无法集中作战，化整为零分散在方圆几百千米的高山密林中，士气低落，形势非常困难。1949 年，中国革命取得胜利，人民解放军打到了中越边境，胡志明和中共取得了联系。为了求得中国援助，胡志明不顾年迈的身体，于 1950 年 1 月秘密北上，徒步十七昼夜穿越了越北地区的高山密林进入中国，再跋涉万里到达北京。胡志明是中共的老朋友，和毛泽东、周恩来等人都有良好的个人关系。支持越南争取民族独立的解放事业，是中共所肩负的国际主义义务。不让帝国主义兵临中越边境，也是中国国家安全的重要所在。因此，中国除了不能直接出兵入越外，对越南进行大力援助是当仁不让的。根据尚在出访苏联的毛泽东的指示，1950 年 1 月 18 日，中国就宣布承认越南民主共和国。对此，胡志明后来有过很高的评价：中国承认越南时，我们的政府和党中央还在深山老林里，人家说我们还是山里的"幽灵"，中国的外交承认对越南极为重要。

这也是胡志明同志将统战工作，特别是跟国民党的谈判工作交给经验丰富的梁金生同志的背景和初衷所在。

"南宁计划"

梁金生很快组建了一个谈判协商小组，负责联系重庆的代表，准备进入实质性的磋商。他哪里想到，卑鄙的国民党反动派当局，早已在偷偷地策划着一轮针对他本人的、代号为"南宁计划"的暗杀活动。

国民党政府派了一个代表团来到越南，负责跟梁金生小组进行接洽，而跟随代表团一起来的还有"南宁计划"的特务刺杀小组，他们以后勤和文员的身份潜伏在代表团中。

刺杀小组组长老K原是上海黑帮杀手，以凶狠狡诈闻名；组员丁峰是军统的优秀狙击手；组员交际花何香是戴笠特务班底江山帮的资深女特务，以百变狡诈闻名军统。

他们制订了两套刺杀计划。计划A，在梁金生上下班途中的某个十字路口设伏，想办法逼停梁的汽车，然后由埋伏在高处的狙击手丁峰伺机狙击。计划B，由交际花何香应聘保姆或后勤工作人员，混进梁金生经常出入的食堂，在食物中投毒刺杀。

某日，梁金生的车从住所出发，开往谈判地点。经过一个十字路口时，车的前面突然冲出一名乞丐模样的人，吓得司机赶紧踩刹车。在后座的梁金生也被这突如其来的动作吓得一阵激灵。多年的地下工作经验让他嗅到了危险的气息。他迅速将身体埋进后座。"赶紧掉头往回赶，换一条新路过去。"他迅速命令司机。司机二话没说，快速倒车后 180 度掉头，将车往来路开了回去。

刚才冲出来的乞丐正是国民党的特务老 K，而狙击手丁峰早就埋伏在斜对面的高楼处，拿狙击枪瞄着远方开来的梁金生的汽车，准备伺机而动。

由于梁金生的警觉，原本天衣无缝的 A 计划就这样夭折了。

在谈判会场，梁金生揭露和批判了国民党当局假和平真内战的真面目。在国际主义战场上，在遥远的南方，梁金生为在国内应付国民党军队挑衅的中国共产党军队及我党领导的革命根据地的人民摇旗呐喊，呼唤着国际公平和正义。双方的谈判很快陷入了僵局。

在河内的一栋昏暗的房子里，刺杀组的三名特务聚在一起。

"他娘的，这个梁金生真不好对付！"组长老 K 咬牙切齿，"马上给南京发报，'南宁计划'A 方案失败，近期将实施 B 方案！"老 K 对交际花何香恶狠狠地说道。

"是！"何香转身到里屋发报去了，留下两个男特务在外面继续密谋。

中越之光

1946 年年初，梁金生同志参加与国民党的谈判。在宴会上，梁金生被国民党特务毒害，壮烈牺牲，年仅 40 岁。

中越之光、优秀的中共党员、伟大的国际主义战士、越南华侨梁金生同志，就这样永远地长眠在了越南大地。

第七章　结　尾

薪火相承

梁金生同志牺牲后，这个悲痛的消息由侨联谢生同志于1948年3月18日通知其家属。与梁金生一起回越南工作的越南朋友黄正光同志（当年参加过梁金生烈士的葬礼）在新中国成立后曾多次来中国访问，顺便看望姚淑平同志。姚淑平曾通过他寻找梁金生烈士在越南的墓地地址，盼望能亲自去越南为亲爱的丈夫扫墓，以寄托哀思，了却自己几十年的心愿。但因越南多年战乱，虽经黄正光同志多番努力，却始终未能如愿。这是姚淑平同志终生的遗憾，也是梁金生烈士的后代未了的心愿。

梁金生牺牲后，姚淑平一人承担起抚养后代的重任。在把他们培养成人的同时自己也全身心地投入革命工作。

2009年6月26日上午，深圳市和罗湖区相关部门负责同志及草埔梁氏家族宗亲、驻地部队官兵、学校学生等，共同见证了深圳市罗湖区梁金生烈士纪念馆建成开馆暨罗湖区东晓街道爱国主义教育基地揭牌。人们不禁又回忆起革命先烈梁金生的光荣事迹。

梁金生同志的一生波澜壮阔，他曾在土地革命岁月中，为贫下中农翻身做主而不懈奋斗；在抗日烽火岁月中，反抗侵略、驱逐日寇，为中华民族雪耻而浴血奋斗；在中越交流及国际共产主义运动事业中，鞠躬尽瘁，死而后已。

后人有诗为证：

> 湾区枢纽有金生，千锤万凿出鹏城。
>
> 粉身碎骨为革命，医笔从戎传美名。
>
> 南征北战赴沙场，中越之光放光芒。

（本文主要史实根据深圳市罗湖区梁金生烈士纪念馆文字资料整理而成。）

后　记

　　习近平总书记指出：江山就是人民，人民就是江山。共产党打江山、守江山，守的是人民的心。党的十九届六中全会通过的《中共中央关于党的百年奋斗重大成就和历史经验的决议》，深刻把握江山与人民的关系，从党百年奋斗重大成就的总结到百年奋斗历史意义、历史经验的提炼，再到对新时代的中国共产党提出要求，都突出以人民为中心，系统回答了"过去我们为什么能够成功、未来我们怎样才能继续成功"这一重大命题，为新时代中国共产党坚持和发展"江山就是人民，人民就是江山"提供了经验启示和行动指南。

　　带着追寻"人民就是江山"的初心，我们将视野投向了改革开放的前沿阵地广东，投向了中国共产党带领东江人民曾经浴血奋斗的东江流域。东江流水清又清，革命情谊长又长。我们从东江的上游和平县出发，沿着东江的干流和支流，去寻找发生在东江流域的革命故事，去讴歌战斗在东江流域的革命先辈，我们准备踏遍东江流域的山山水水，去找寻和采编那些为了新中国而发生的有关"江山"和"人民"的一段段动人的革命故事，让革命基因能够薪火相传，让东纵文化能够历久弥新。

一部广东革命史，其实就是一部中国共产党领导广东人民推翻帝国主义、封建主义、官僚资本主义三座大山，实现民族解放的抗争史。一部东江流域的革命史，也是一部东江流域的人民选择中国共产党，建立一个崭新中国的浴血奋斗史。

在作品的创作过程中，我们得到了许多单位和个人的大力支持，其中就有本书的顾问曾凯平先生、彭桂华先生、蔡伟强先生。三位顾问身体力行，在书稿的创作素材、创作立意、创作布局等方面都给了许多真知灼见，让作者们总能在创作迷茫时找到正确的行动方向和书写思路。

许多热心单位和党史专家对书稿进行了专业的评审和校对。专家们用专业的视角、渊博的党史知识为我们做了系统评审，让笔者们醍醐灌顶，受益匪浅。他们是：中山大学马克思主义学院全日制博士研究生、河源职业技术学院红色文化研究院院长杨党校先生，河源市党史研究室副主任黄振中先生，深圳市党史文献和地方志协会副秘书长陈美玲女士，河源市和平县党史研究室主任朱李松先生，河源市和平县党史研究室原主任曹志锐先生，河源市紫金县委党史研究室主任黄海波先生，《河源日报》刘志勇先生，还有深圳市罗湖区关心下一代工作委员会、深圳商报社、晶报社、深圳市东江纵队粤赣湘边纵队研究会、河源市九连山革命斗争史研究会、深圳市九连山公益基金会、警视联动（广东）文化传媒有限公司以及红色东纵第一空间成员单位的相关负责人同志。感谢你们为本书的编撰、宣传、推广等方面所付出的不懈努力。

　　路漫漫其修远兮，吾将上下而求索。本书的完稿，只是我们探索广东革命历史迈出的第一步，我们将带领《红色东江》的作者们，牢记总书记的嘱托，不忘初心、砥砺前行，沿着革命先辈走过的路，继续去寻找和挖掘那些可歌可泣的广东革命故事，继续去丈量东江流域的每一寸英雄的土地，继续去感受新时代吹响中华民族伟大复兴号角后的华丽东江。

深圳市级党建组织员

卓明勇